KB102563

한영옥 수필집

# 세 번째 스무 살

# 세 번째 스무 살

**펴낸날**　　초판 1쇄 2023년 2월 15일

**지은이**　　한영옥
**펴낸이**　　서용순
**펴낸곳**　　이지출판

**출판등록**　1997년 9월 10일
**등록번호**　제300-2005-156호
**주소**　　　03131 서울시 종로구 율곡로6길 36 월드오피스텔 903호
**대표전화**　02-743-7661　　팩스 02-743-7621
**이메일**　　easy7661@naver.com
**디자인**　　박성현
**인쇄**　　　ICAN
**물류**　　　(주)비앤북스

값 15,000원

ISBN 979-11-5555-194-3　03810

※ 잘못 만들어진 책은 교환해 드립니다.

한영옥 수필집

# 세 번째 스무 살

이지출판

# 책을 내며

책상 앞에 앉으면 늘 마음이 푸근했습니다. 무언가 빈 곳을 채워 주고 허기를 달래 주었지요.

아버지는 도시로 나간 아들 소식이 궁금하면 어린 딸을 옆에 앉혀 놓고 편지를 쓰게 했습니다. 오빠와 저는 십 년 넘게 나이 차가 납니다. 연필 잡는 것도 서툰 어린 딸은 아버지가 불러주는 대로 몇 줄 안 되는 편지를 썼지요. 그 일은 자라면서 제 몫이 되어 쓰는 습관이 되었습니다.

써라! 써라! 고즈넉한 산사에서 들려오는 풍경 소리처럼 그 소리는 언제나 제 마음 안에 자리하고 있었습니다.

세 번째 스무 살
●

세 아이 뒷바라지가 조금 가벼워질 때쯤 하고 싶던 문학 공부를 시작했습니다. 그러나 녹록지 않았지요. 글은 영혼으로 빚어낸다는 말, 실감합니다. 하지만 한 편씩 글이 태어날 때의 존재감과 성취감, 기록을 남긴다는 즐거움이 크게 다가왔습니다. 변화가 없는 밋밋한 날보다 새로운 것을 추구하며 살아왔습니다.

이렇게 한 권의 책이 엮어지기까지 오랜 시간이 걸렸습니다. 민낯으로 여러분을 대하기가 한없이 부끄럽지만, 큰 용기를 냅니다. 이 또한 한평생 한 직장에서 청춘을 다 보낸 성실한 남편의 그늘이 있었기에 가능했지요. 아직 현직에서 자리를 지키고 있습니다. 참 감사하지요.

그리고 막내딸, 직장 생활하면서도 엄마의 제의에 흔쾌히 그림을 맡아 줘서 고맙고, 공부한다고 미국으로 건너가 어려운 가운데서도 꿈을 이루고 잘 살아가는 큰딸 내외, 감사한 마음 큽니다.

아들과 며느리 한집에서 4대가 5년을 함께 산 시간도

있었지요. 센스 있는 우리 며느리, 열심히 살아줘서 고맙다고 말하렵니다. 삼 남매와 선물 같은 손자손녀 아홉, 그것만으로도 든든한 부자입니다.

20여 년 문학 동네를 오가며 함께한 느티나무문우회, 큰 힘이 되었습지요. 감사합니다.

캠퍼스에서 만난 학우 여러분! 흰머리 성깃한 노학우 이끌어 주고 위로해 주며 함께해 줘서 정말 고마웠어요.

그리고 제 주변에 계신 여러분께도 함께해 줘서 감사하다는 말씀 올립니다. 또 서툰 글 보살펴 일일이 애써 주신 이지출판 사장님, 고맙습니다.

2023년 2월

한영옥

## 제2부 둥지 떠난 작은 새

## 제3부  어머니의 오솔길

## 제4부 시간의 여백 속으로

# 제1부

# 차 한잔 하실래요

# 봄을 캐다

삼월 초순 토문재 옆 텃밭
아낙네 냉이를 캐고
꽃잎 꼬물꼬물 봄이 가려는가

가는 봄 아쉬워
그 밭에 머무네
"냉이 좀 캐도 될까요?"

함께한 시인과 산 오르다
한 움큼 얻어 쥔 냉이
송정실에 드니 봄이 가득하다

밀가루에 냉이 넣고
부침질해 봄 삼키니
해남 땅끝 막걸리 한 잔
아쉬움 달래고

휘영청 불그레한 얼굴
웃음꽃 피우니
함께한 문학촌에서의 여운
마음에 등불 되어 흐르네.

인송문학촌을 나서며

봄을 캐다

# 내 마음의 소리

새해 첫날 해맞이를 나섰다. 영하 10도를 오르내리는 혹한도 잊은 채 일출을 보러 나온 사람들로 용마산 자락은 무척 붐볐다. 산을 오르면서 내뿜는 열기와 찬 공기가 만나 모자 위에 하얗게 서리가 내리고, 손발은 꽁꽁 얼었다.

장엄한 불덩이가 솟아오르는 순간, 산자락의 열기는 더해 갔다. 해가 떠오르길 기다리던 사람들은 도미노 퍼즐이 일어나듯 두 팔 벌려 환호했다.

소띠 해다. 성실함과 우직함, 여유와 덕성, 이것이 소의

미덕이다. 전원의 순수하고 소박한 삶, 그 풍경 속에는 소가 빠지지 않는다.

아버지는 새벽녘 외양간에서 들려오는 워낭 소리에 눈을 떠 일과를 시작하셨다. 먼저 쇠죽을 끓이고 식구들이 쓸 세숫물을 데우고, 부뚜막에는 학교에 신고 갈 운동화도 따뜻하게 데워 놓으셨다.

농번기엔 늘 소와 함께했다. 밭일을 할 때도 논일을 할 때도 항상 소를 앞세우셨다. 해 질 무렵 집으로 가는 길, 냇가에서 걸음을 멈추고 소한테 물을 마시게 했다. 소는 냇물에 입을 한참 담갔다가 머리를 들어올리며 '음~메' 하고 소리를 토해 냈다. 마치 고맙다는 인사라도 하는 듯이. 아버지는 그렇게 하루를 마무리하셨다.

아버지는 수시로 객지에 나간 오빠에게 편지를 쓰라고 하셨다. 초등학교도 가기 전부터 아버지가 불러주는 대로 받아쓴 서툰 글씨 몇 줄이었지만, 편지 쓰는 일은 항상 내 몫이었다.

내 마음의 소리
●

맏이인 오빠 밑으로 아들 넷이 모두 세상을 떠났다. 목수였던 아버지는 다른 곳에 집을 지어 이사했다. 그 후 나를 시작으로 동생 셋이 태어나 오 남매가 되었다. 객지로 나간 아들이 염려될 때마다 큰딸을 옆에 앉혀 놓고 편지를 쓰게 했다. 그렇게 뿌리 내린 글쓰기 습관은 늘 나를 따라다녔다. 소의 그 소리처럼.

봄바람이 불면 여린 잎이 돋아나고 꽃을 피워 열매를 맺듯, 자연의 섭리 안에서 순응하며 살아온 지난날. 긴 세월이 지나고 지금 내 아들의 자식이 내게서 눈자라기 한 지 수년이 지났다. 불면 날아갈까 애면글면 손자와 함께하는 시간 안에서도 그 소리는 늘 살아 있었다.

무심히 흘러가는 세월의 연주곡을 듣는다. 둔해지는 감각, 삐걱거리는 기억력, 육신의 창마저 흐려진다. 허술해져 가는 모두를 새것으로 할 수는 없다 해도 좀 더 느릿하게 맞이할 수는 없을까?

나이는 숫자에 불과하다지만 연륜이 쌓인다는 건 완숙

해져 가는 것, 경험을 넓혀 지혜로운 삶을 추구하는 건 값진 일이다. 살아가면서 물러설 줄도 알고 때로는 멈출 수도 있어야 한다는 걸 알게 된다. 베푸는 일도 좋지만 작은 것을 따지지 않는 여유와 아량도 있어야 한다는 것을. 황소처럼 우직하고 여유로운 느림의 미학을 닮았으면 더 좋겠다.

이성과 감성을 넘나들며 여물지 않은 사념의 조각들이 수런댄다. 좀 늦어지면 어떠랴! 글쓰기는 내 생의 벗이요 동반자인 것을. 뚜벅뚜벅 사색의 뜰을 거닐다 보면 그럴 듯한 열매가 맺히지 않을까.

# 차 한잔 하실래요

황토물이 넓은 벌판을 이루며 유유히 흐르고 있는 팔당댐 상류. 비닐과 플라스틱, 스티로폼, 온갖 오물들을 끌어안고 흐르고 있다. 여름 끝자락에 내린 폭우로 무너지고 찢긴 잔해들이다.

강물이 댐 수문에 이르자 오물들이 마치 붐비는 출입문을 빠져나가기 위해 순서를 기다리는 인파처럼 점점 늘어났다.

수문을 빠져나온 물줄기는 속도를 내며 아래로 곤두박질치다가 거세게 솟아오르고 다시 굉음을 내며 산산이 부서져 내린다. 온 지구를 삼켜 버릴 듯 허연 이빨을 드러내고 거품을 토하며 용트림한다. 수문을 비집고 나온 분노의 시간, 이내 유순한 강물이 되어 흐른다. 뽀얀 물안개는 댐 주위를 서성인다. 물방울들은 유유자적 춤을 춘다. 부드러운 곡선의 날갯짓, 떠 있는 동안의 물방울! 그 짧은 시간의 존재, 햇살이 반짝한다면 무지개는 욕심 같다.

물 구경을 가자며 남편이 승용차를 몰고 나선 어느 날 오후다. 여기저기서 난리인데 '무슨 물 구경?' 썩 내키지 않았지만 모처럼의 제안에 그냥 따라나섰다가 돌아오는 길이다.

얼마 지나지 않아 낯선 여인 둘이 도로 한가운데 서서 손을 흔들며 차를 세운다. 서울에 가는 길인데 차가 없어서 그러니 태워 달라는 부탁이다. 잠시 멈칫하던 남편은 거절하지 않고 흔쾌히 여인 둘을 뒷좌석에 앉으라 한다.

어디에 사느냐, 뭐하러 왔느냐, 관심인지 아니면 어색

한 분위기를 바꾸기 위해서인지 평상시 못 보던 남편의 태도에 의아했다. 둘만의 공간에서 전혀 생소한 분위기가 되었고, 나는 투명 인간이 된 듯했다. 부드러운 말투며 호기심 만발한 표정에 속내가 편할 리 없었다. 몽실몽실 피어오르는 얘기꽃에 끼어들고 싶지도 않고, 시큰둥한 표정 역시 들키고 싶지 않았다.

서울이 가까워 오고 이쯤이면 어디든 차편이 닿을 만한 곳이다. 이제 여인들을 내려 주려나 했는데, 남편이 한마디했다.

"제가 멋진 곳에 가서 차 한잔 사겠습니다."

'워워 무슨 소리?' 족히 한 시간이 넘는 거리를 잘 왔으면 됐지 무슨 과잉 친절인가 싶었다.

여인들은 그저 좋다는 표정이었다. 여태껏 살면서 그럴듯한 분위기에서 차 한잔 마신 기억이 없는데, 낯선 여인들을 태우고 한적한 도로를 신나게 달리며 이렇게 부드러운 이 남자, 영 낯설다. 정말 럭셔리하고 예쁜 찻집이라도 가려나?

차 한잔 하실래요

본인이 손해 갈 행동은 하지 않는 사람인데⋯. 그렇다고 정색을 하며 자리를 피할 생각도 없었다. 승용차는 의기양양하게 한적한 도로를 내달렸다.

얼마쯤 왔을까, 그럴듯한 찻집도 수없이 지나치고 인가를 벗어난 곳, 찻집은커녕 개미 한 마리도 보이지 않았다. 주변은 온통 배밭이다. 밭에는 그 누구도 없다. 어떤 영업집도 없다. 그저 푸른 숲속이다.

남편이 승용차에서 내려 슬금슬금 걸어가 멈춘 곳은 '커피자판기' 앞이었다.

"자, 보십시오. 좋지 않습니까? 새소리 바람 소리 조용하고 말입니다."

"하하! 네, 좋네요~"

여인들도 맞장구를 쳤다. 자판기에 지폐를 넣고 커피를 뽑아 여인들에게 내민다. 나도 한 잔 든다. 따스하다. 진한 갈색 커피 향 속에는 쓰고도 달달한 맛, 바람에 날리고 흔들리며 지나온 긴 세월의 맛, 그 맛이 어우러져 빚어낸 삶의 맛, 그 맛이다.

세 번째 스무 살
●

황혼녘의 싱그러운 바람도, 손을 흔들며 돌아서는 그 여인들도 배밭의 열매가 영글어 가듯 인생의 맛이 깊어 간다.

# 일상탈출

　드디어 해남으로 향하는 날이다. 새벽 고속버스는 한
산하다. 달리면서도 쓰고 싶었던 지난날들을 더듬는다.
여기저기 기웃거리다 남긴 언어의 조각들, 돌아올 때는
완성해 보겠다는 생각이 요동친다.

　해남 땅끝마을에 작가들만을 위한 공간이 있다. 문단
에 이름을 올려야 갈 수 있는 문학촌. 정보를 접하고 마
음은 이미 그곳을 향해 줄달음친다.

　부랴부랴 서류를 작성해 올린다. 글 쓰는 사람들이
많아 쉽지 않을 거라는 생각이 들었지만 막연하게 혼자

만의 공간에 젖어 보고 싶었다. 오롯이 나만을 위해 아무 방해도 받지 않고 사색할 수 있는 그런 시간을. 여러 날 집을 비운다는 사실에 용기가 필요했지만, 환경이 다르면 생각도 많아지고 사고력이 더 깊어질 테니까 잠시 이탈 아닌 일탈을 감행하기로 했다.

일상탈출

왜 쓰려는 걸까? 미지의 세계에서 서성이는 이름 없는 존재들. 내가 미련하다는 생각까지 든다. 정답이 있기나 한 걸까? 힘듦만큼 보람도 달달하니 떨쳐 버리지 못한다.

접수를 하고 며칠이 지났다. 발표하는 날 문턱이 닳도록 기웃거렸지만, 자정이 지나도 아무 소식이 없다. 아쉽지만 호기심 가득 설레던 마음을 내려놓았다.

그래도 다음 날 혹시나 하고 메일을 열어 보았다. 새벽 두 시 삼십 분! 그 시각에 소식 하나가 도착해 있다. 입주하라는 소식이다. 전율이 인다. 뜻밖의 행운에 가슴이 뛴다. 시간을 맞추기 위해 낮과 밤의 경계를 넘어 정성스레 보내 온 그 성실함에 가슴이 뭉클하다.

그렇게 해서 한옥촌에 도착했다. 땅끝 해남의 문학촌. 자연과 더불어 한가로이 자리한 이 터, 아랫마을 지붕 끝으로 바다가 펼쳐져 있다. 처음 건물이 지어지고 최초의 입주자가 되었다. 일주일간 숙식을 제공받으며 그곳에 머문다. 한 달에서 반년, 일 년간 예약한 이도 있다. 풍산개, 진돗개들이 먼저 반긴다. 인송문학촌 토문재, 인송은 이곳 촌장의 호요, 토문재(토순이·문돌이·재돌이)는 애견들 이름에서 딴 것이다.

육골로 옥토를 일구고 뜨거운 정열로 심혈을 기울여 성을 쌓았다. 오랜 시간 차곡차곡 준비한 꿈을 현실로 이루기란 쉽지 않은데, 더 큰일이 남아 있어 아직 미완성이라고 한다. 문학박물관과 작가들의 연수원을 짓는다면서 설계도를 보여 준다. 난초실, 목단실… 집필실 이름이다.

미팅 중에 촌장은, 땅끝 해남 하면 문학에 이름을 남긴 명소이며 남해 풍광에 누구라도 관심이 있으니 심사하는 데 쉽지 않았다고 한다. 좋은 곳이 많으니 낮에는 골고루 다녀보고 감성을 깨우면서 밤에는 글 쓰며 부담 없이 지내라는 말을 잊지 않는다. 글 쓰는 사람들은 모두의 자산이라고.

지정된 방 송정실에 짐을 푼다. 모든 생활용품, 이부자리, 새것의 꼬리표를 떼고 자리에 누우니 통창 너머로 밤하늘 별숲이 내린다. 투명하다. 마을도 고요하다. 낮에 보았던 바다는 어둠이 삼켜 버려 보이지 않는다. 날이 밝으면 그곳을 먼저 걸어가 보리라.

쉬 잠들지 못한다. 멀리서 불빛이 가물거린다. 섬과 섬 사이 바닷길이 열리는 시간을 확인해 보고 가야 한다. 자칫 고립되면 큰 낭패다. 도린곁 같지는 않지만 망둥이처럼 뛰어다니다가 곤란한 일이 생길 수 있으니 신중해야 한다. 혼자니까.

식구들에게 잘 도착했다며 이곳 풍경과 함께 몇 자 적어 톡을 보냈다.

"어머니, 내용이 시 같아요!"

며느리가 바로 회신을 보내왔다.

글 한 편이라도 제대로 건질 수 있을까? 마음 언저리에 웅크린 채 서성이는 미성숙한 존재들. 도서관 책상 앞에 앉은 듯 풍요로움에 이른다. 나만의 세계, 첫날 밤의 고요가 흐른다.

# 애장품 1호

세월이 흐를수록 옛것이 더 좋다는 말을 실감해. 너를 두고 하는 말이야. 강산이 네 번 바뀌고도 반년이 되었네? 어떤 물건이든 손때 묻은 흔적이 많을수록 애착이 가는 건 사실이지. 너를 처음 보았을 때 푸른색 몸통이 하늘빛같이 깨끗해서 좋았어. 네가 우리 집 첫 애장품이었거든. 세련되고 편리한 것도 많지만 쉽게 버리지 못하는 성격 탓도 있지. 긴 세월 함께했으니 고마운 마음이야.

주인님! 두 분이 저를 곱게 대해 줘서 긴 시간 함께할 수 있었습니다. 처음 제가 매장에서 선택되었을 때 표현은 못했지만 퍽 기뻤습니다. 특이하게 생겼다는 이유로 여러 번 버림받았거든요. 저렴하게 선택되었다 해도 지나가던 이들이 힐끔거리고 이유 없이 툭툭 치는 불쾌함은 더 이상 없었으니 말예요. 그래도 아직 성능은 좋으니 생명력이 긴 셈이지요?

응, 그랬구나. 너는 우리 결혼과 동시에 만났으니 오랜 세월 곁에 머물면서 우리 사는 걸 다 지켜봤지. 첫아이가 태어날 때 구로동 산동네 언덕 집이었어. 너를 데려올 때 매장 주인은 우리 부부를 남매로 알고 좋은 오빠를 뒀다며 여러 번 칭찬했었지. 그 집은 무척 덥기도 했지만 바람도 얼마나 거세던지, 아기 빨래를 널면 긴 것은 빨랫줄에 돌돌 말려서 한참을 풀어내야 했어.

네! 빈손으로 시작한 보금자리, 열심히 사셨지요. 주인님은 한 직장에 사십오 년 평생을 다 바칠 만큼 성실하셨구요. 퇴직하고도 책상만 다른 장소로 옮겨 지금도 현직에 계시니 말이에요. 참, 잊히지 않는 기억이 있어요. 홍수가 났을 때 기계 작동 센서가 멈춰 책임자로서 해고될 뻔했잖아요. 그때 아파트 베란다에서 뛰어내리고 싶으셨대요. 수년을 성실히 일했는데, 어이없는 일이잖아요.

그래, 그때 얼마나 마음을 졸였는데. 홍수는 자연재해라고 해서 석 달 감봉으로 위기를 잘 넘겼지. 그뿐이니? 어렵게 장만한 집을 허물고 새집을 지으려는데 집터에 온동네 쓰레기가 다 모여들어 숨이 막히더라. 또 비가 3박 4일을 퍼붓는데, 그렇게 많이 오는 비는 처음 봤어. 시멘트 파동이 나서 건축업자가 집을 못 짓는다고 해 한 달간 속수무책이었는데, 동네 쓰레기만 쌓여 가니 집은 온데간데없고. 너 상상이 가니? 그래도 그이가 잘 타협해 튼튼하게 잘 지었어.

맞아요. 그때 임시로 살던 지하방에서 여러 물건들과

애장품 1호
●

33

쌓여 있는데 목이 부러지는 줄 알았어요. 조금만 더 지체되었으면 습기 차서 녹슬고 날개도 달아났을 거예요. 저한테는 그때가 제일 위기였어요. 참, 주인님 허리는 좀 어때요? 그때 새집에 입주하고 여덟 달 만에 허리 통증으로 일어서지 못해 앞집 아저씨가 삼층에서 일층으로 업고 내려와 구급차에 실려 갔잖아요. 아찔했지요?

휴~ 말도 마. 진료 후 그냥 집에 가라잖아, 설 수도 없는 사람을. 말이 돼? 병원 바닥에 주저앉아 떼를 썼지. 결국 다른 과에서 수술을 했지만 몸을 움직일 수가 없어 등이 땀띠로 벌겋게 부풀었지. 복중이었거든. 십 분 거리를 여러 번 쉬어야 했던 그런 날도 있었지. 지금은 건강한데 술을 좋아해서 등에 지고 가라면 싫어도 마시고 가라면 좋아하지. 수많은 날 내 속은 까맣게 탔지만 말이야.

아휴, 그래도 주인님 이해해 주세요. 잘 사셨다고 생각해요. 셋을 낳아 둥지를 틀어 별 탈 없이 잘 살고 있잖아요. 각자 보금자리에서 아홉이나 되는 2세들도 잘 자라고 있구요. 미국에 사는 큰따님이 아이가 넷이라 좀 많기는 해도 다녀오셔서 기뻐하셨잖아요. 애들끼리 질서 있게 잘 지내더라구요. 미국 출발 전에 투덜대던 모습, 기억하고 있어요. 많이 힘드셨지요?

그런 건 좀 잊어 줘라, 잘 알면서. 손끝에서 일이 끊어지는 날이 없었지. 얼마나 시간에 쫓기며 살았는지 봤잖아. 하나만 낳아 잘 기르자는 사회 분위기를 거스르고 셋을 키우느라 편하게 앉아서 식사도 못하고 서서 해결했어. 막내까지 대학 졸업하니 마음이 좀 놓이더라. 그런데 내가 공부하고픈 갈증이 더 심해지더라고. 대학에 진학했지. 따라가기도 힘겨운데 공백이 생기면 포기해야 했거든. 별 영양가 없는 얘기지만 이해해 주렴.

우리 사이에 무슨 말이면 어때요. 말이 배설 효과가 크다잖아요. 생존에 유리하기 때문에 뇌에서는 밀어내려고 한대요. 글쓰기 치유 효과를 연구해 온 미국 심리학자 제임스 페니베이커(James Pennebaker)는 그날그날 느낀 감정을 쓴 집단이 정신적·육체적으로 좋아졌다는 걸 알았대요. 친구와 수다로 풀고 나면 기분이 좋아지듯 말예요.

그래, 이해해 줘서 고맙다. 난 지금이 좋아. 애들 각자 알아서 잘 살고 우리 부부 아픈 데 없이 잘 지내고 있으니 더 바랄 게 뭐 있겠어. 재미없는 얘기 들어줘서 고마워. 올여름에도 만날 수 있지?

그럼요. 오래되어 모양은 없어도 여름은 제가 책임져요. 더 큰 기계가 내뿜는 바람은 싫어하시니까요.

그래, 고마워. 안~녕!

세 번째 스무 살

•

# 수종사 가던 날

오월의 녹음 짙어
수종사 가는 길
사월 초파일 하루 앞둔
등꽃 길 곱기도 하여라
울긋불긋 연한 잎들의 조화
너울대는 숨결 따라
충만에 이르니
별러서 온 길
삶의 향기 짙어지고
두런두런 오가는 말, 말
내일의 푸른 숲
그윽한 삶의 향기 더해 간다.

# 어림 반푼이 있다

어제 내린 비로 창밖의 사물들이 투명하다. 산자락 위로 보이는 쪽빛 하늘에 구름 한 점 없다. 한걸음에 그 산을 오르고 싶은 충동이 인다.

거실 창밖 앞산에는 봄이면 연분홍 진달래가 수를 놓고, 아카시꽃이 피면 향기가 우리 집 거실까지 마실을 온다. 한여름 무성했던 수목들이 하루가 다르게 변해 가는 가을색, 겨울에 함박눈이라도 내리는 날이면 나무와 나무 사이에 터널이 생겨나고 백로들이 날갯짓하며 비상이라도 하는 듯한 풍경이 펼쳐진다.

한두 평 남짓한 우리 집 작은 베란다. 나는 이 공간을 무척 좋아한다. 맑은 날도 비 오는 날도 창밖 풍경을 벗 삼아 무엇을 해도 좋다. 작은 원탁 위에 만개한 자줏빛 국화를 올려놓으니 가을 향이 더욱 짙다.

그런데 이곳을 남편의 흡연실로 내주고 말았다. 큰 베란다에서 피우는 담배 연기에 화초들이 몸살을 앓을 것 같아서다.

오십 개 남짓한 화분들은 저마다 사연을 안고 있다. 멀리서 배를 타고 온 것, 길에서 데려온 것, 선물 받은 것까지…. 햇빛이 넉넉지 않아 자랄 수 있는 종류도 한계가 있다. 지금 있는 화초들은 그래도 잘 자라 대부분 몇 년씩 되었다.

아침에 눈을 뜨면 베란다에 나가 화초들과 눈을 맞춘다. 눈길이 뜸한 구석진 곳에 있는 화분은 얼마 지나지 않아 생기를 잃고 윤기가 사라지는 걸 알 수 있다. 주인의 발소리를 듣고 자란다는 말을 실감한다.

그곳을 흡연실로 내주고 일주일쯤 지날 무렵 원탁 위가

세 번째 스무 살

깨끗해졌다.

"탁자 위에 담배가 없네요?"

"이 사람아! 안 피운 지 좀 됐어."

믿기지도 않지만 한 세월을 함께한 그 습관을 버리기가 여간 힘든 일이 아닐 텐데….

언제나 자유분망한 사람, 어린 손자를 돌보던 십 년 동안 끊으려는 시도조차도 안 하던 사람이 웬일인가 싶다.

그러고 보니 괜한 일에 화를 내고 가만히 있는 물건들을 들었다 놨다 하던 그때가 금단현상이었던 모양이다.

그 후 서서히 변화가 왔다. 여행이라도 하는 날이면 가방을 손수 챙긴다. 본인 것만 챙겨도 고마운 일인데 내 것까지 챙긴다. 아파트 분리수거 하는 날이 무슨 요일인지 기억도 관심도 없던 사람이 출근길에 재활용품을 들고 나간다. 이전 같으면 어림 반푼도 없는 일이다.

한결 여유로워진 모습에 안쓰러운 마음이 드는 건 왜일까? 이제 종종 훈훈한 바람이 일 것 같다.


어림 반푼이 있다

# 노쇠한 조랑말

밤이 깊었는데 소식이 없다.

에라! 사십 년 세월

별것도 아닌 일상이거늘

주인 잃은 저녁 삼계탕이

눈물을 머금었다

깊은 밤에 들어온 임, 밥을 찾는다

뒤엉킨 속내 불길이 인다

거리로 나와 걷는다

둑길을 걷고 또 걷고 인적 끊긴 거리

가끔 지나는 차들의 속력이 번개 같다

이대로 돌아서면 똑같은 날의 반복이다

새벽 두 시 세상은 고요하고

내 집 불 꺼진 방 코 고는 소리 드높다

하얗게 뒤척이는 밤

다음 날 다시 길을 나선다 먼 길로

온다 간다 말없이

임도 말이 없다

고향으로 친구 집으로

속내는 꽁꽁 감춰 두고

휘~ 돌아오면 혹여 불길이 잦아지려나

어쩌랴! 별수 없이 돌아오는 길

옆자리 앉은 중년 남자

차 한잔 나눠 주실래요?

웬 쇠 긁히는 소리 영혼 없는 대화

노쇠한 조랑말을 무엇에 쓸꼬

속말로 주절인다

**노쇠한 조랑말**

세월의 더께만큼이나

부식도 있고 발효된 맛도 있지

인내가 바닥을 차고 오른다

허공 속에 메아리 되어 흘러간다.

* 노쇠한 조랑말은 늙고 초라하고 쓸모없이 변해 가는 자신을 비유한 것임.

세 번째 스무 살

# 문학촌에 들다

땅끝 해남 송호리에는

태양도 붉다

글 쓰는 사람이라면 탐나는 곳

육골로 옥토를 일궈

성을 쌓았고

심혈을 기울인 공이 크다

육각정 처마 곡선에

시선이 머물고

자리마다 나는 솔향이

기분을 맑힌다

의욕이 솟는다

이곳에 드는 이들이여

주옥같은 글밭

가꾸고 일궈 내시라

풍요롭게 꽃피우는 날

남해의 오밀조밀한 바다가

그대를 품어

온누리를 밝히리라

이곳 문학촌에서.

세 번째 스무 살

# 달마산을 가다

바람이 몹시 불던 날, 해남에 있는 달마산 도솔암으로 향한다. 등산 장비도 제대로 갖추지 않고 낡은 운동화가 마음에 걸리긴 해도 길을 나선다.

미황사에서 산중턱을 가로지르는 둘레길. 지금껏 보지 못한 나무들이 즐비하다. 서어나무, 예덕나무…. 길게 이어지는 숲, 한참을 가다 보니 바위들만 산자락을 뒤덮고 있다. 너덜지대라고 한다. 어떤 길은 돌길로, 어떤 길은 부드러운 흙길로 긴장과 이완이 교차한다. 풍화작용에 의해 능선의 바위들이 깨지고 부서져 흘러내린 거란다.

도솔암 가까이 이르니 오르는 길이 가파르다. 칠십 도 이상은 될 듯하다. 험하다. 바람도 거세다. 오를 때는 바람에 등떠밀려 올라간다. 비틀대며 좁다란 길을 올라 도솔암에 이르니 남해의 금강산이라는 말이 실감난다.

일일이 손으로 쌓아올린 집채만 한 돌벽 위에 암자가 앉아 있다. 하늘 끝 암자라 불릴 만큼 긴 인고의 세월이 한눈에 보인다. 일출과 일몰을 함께 볼 수 있는 전국 5대 명산 중 하나라고.

천년고찰 미황사 입구에서 출발했는데, 도솔암이 미황사를 있게 한 산파 역할을 한 것이라 한다. 내려다보는 풍광. 겹겹이 펼쳐진 바위들이 제복 입은 군사들의 행렬 같다. 각기 다른 인물들의 좌담회도 진행 중이다.

도솔암의 전설을 뒤로 하고 정상 달마봉으로 향한다. 능선을 따라 내려다본 바닷가 보리밭의 고운 초록빛이 바다색과 조화롭다. 산새가 되어 날아간다면 오 분도 안 되는 거리, 진도의 바다내음도 밀려온다.

진달래가 피고 녹색의 융단과 기괴한 바위들이 조화를

이룬 그 광경을 다시 보고 싶다. 생각만 해도 새로운 기운이 발길을 재촉한다. 일곱 시간의 긴 행군, 달마봉까지 가기에는 너무 먼 거리다. 네다섯 시간을 달려와야 하니 다시 오기란 쉽지 않은데, 다음을 기약하고 발길을 돌리는 수밖에 없다.

# 제2부

# 둥지 떠난 작은 새

# 나팔꽃

어디서 날아왔을까
저 무모한 꽃을 보라

단풍나무 밀어내고 터 잡아
의기양양 창공을 오른다

달개비도 물잠자리도 없는
척박한 이곳에서

단풍나무 목마른 외마디
길손은 몰라라 꽃피우니
용기와 끈기 너를 닮으리니.

# 세 번째 스무 살

　파릇파릇 새 생명들이 움을 틔운다. 앞산 자락에는 연
녹색과 하얀 산벚꽃이 조화를 이뤄 싱그럽다.

　저렇듯 풋풋한 이십 대가 내게도 분명 있었다. 그 시절
에 누리지 못한 아쉬움은 늘 갈증으로 남아, 잘 맞춰진
퍼즐 안에 한 조각이 모자라 미지수로 남아 있었다.

　그때는 감히 상급학교 진학의 꿈은 엄두도 내지 못했
다. 형제도 많았고, 남자에게만 우선권이 있었다. 여자는
그저 남편 잘 만나 시집만 잘 가면 그만이라는 엄마의
말에 중학교도 가까스로 다닐 수밖에 없었다.

어느 날 막연하게 졸업한 학교에 전화를 했다. 몇 차례 바꿔 주고 다시 바꾸고 겨우 연결된 담당자는 학교에 대한 정보가 하나도 없다는 것이다. 어떻게 그럴 수가 있을까? 삼 년의 힘겨운 시간이 거짓으로 둔갑해 버렸다. 너무도 허망하고 어이없어 망연자실한 내 모습이 수화기 너머로 보이기라도 한 듯 흘러나온 말은 어떤 위로도 되지 않았다.

"언제 고향에 한 번 오세요, 차 한잔 대접하겠습니다."

이 말은 한없이 억울하게만 들렸다. 폭풍 속에서 비틀거리며 빗물에 흥건히 젖은 발길을 옮겨야 했다. 폭풍을 온몸으로 맞고 난 후 오뚝이처럼 벌떡 일어날 오기가 생겼다. 잃어버린 3년, 되찾고 말 테야!

그 길로 바로 고등부 공부를 하기 위한 접수를 했다. 허공에 떠버린 삼 년을 하루빨리 찾고 싶었다. 일 년여 만에 중고등 과정을 검정고시로 해치우고 대학 입학 자격을 얻었다. 그 해를 넘기고 싶지 않았다. 바로 대학에 등록했다.

세 번째 스무 살

●

세 번째 스무 살의 여대생. 2학기부터 시작한 코스모스 학번이다. 키는 작고 머리는 어깨를 덮어 이십 대로 위장할 만했다. 풋풋함은 찾을 수 없다 해도 늦으면 좀 어떠랴! 녹록지 않다는 것도 잘 안다. 하지만 천천히 걸어갈 셈이다. 싱싱할 때 느끼지 못한 인생의 발효된 그 맛으로 버무려진다면 못할 것도 없지 않겠나 싶었다.

생각해 보면 한 시간이 넘는 산길을 걸어서 오가던 학교길, 그때는 유난히도 추웠다. 삼 년 내내 결석 한 번 하지 않았다. 학교에서 돌아오면 엄마는 들에 계셨고, 저녁밥은 내 몫이었다. 주말에 감자를 캐고 고구마를 캐고, 머리에 얹을 수 없을 만큼 광주리에 담아 혼자 감당할 수가 없어 누군가 지나가기를 기다렸다. 한참 후에야 그곳을 지나던 우체부 아저씨의 도움을 받았다. 두 번에 나눠야 했지만 한 번으로 줄이려는 욕심이었다.

일부러 학교에서 놀다 늦는 날도 많았다. 친구 대여섯 명 중 같이 학교에 간 친구는 딱 한 명뿐이었다. 둘은 늘 같이 산길을 오가며 칠흑 같은 어둠 속에서는 공포를 잊기 위해 큰 소리로 노래를 부르며 걷곤 했다. 그러다 동네 오빠를 만나면 구세주를 만난 듯 반가웠다.

어느 날 집에 돌아와 책가방을 열어 보니 신문에 몇 겹으로 곱게 싼 묵직한 뭔가가 들어 있었다. 어떤 느낌도 감도 없는 물체. 조심스럽게 열었다. 납작한 기와 서너 장이 들어 있었다. 누군가의 장난기가 발동한 것인데 도무지 알 수가 없었다. 누구의 장난일까? 다음 날 학교에 가니 선생님이 물으셨다.

"시루떡은 잘 먹었니?"

의아해하자 선생님은 빙그레 웃으셨다. 선생님의 장난일 거라고는 상상도 못했다. 책가방의 무게도 가늠하지 못하고 집에 와서야 알게 된 그날의 기억이 기분 좋은 추억으로 남아 있다.

세 번째 스무 살, 듣기만 해도 기분 좋은 단어다. 젊은 친구들과 어깨를 나란히 하고 정보를 공유하며 매 학기마다 밤을 지새우는 일은 당연한 거였다. 리포트 작성을

하려면 몰입해야 하니 중단하면 처음부터 다시 시작해야
했다.

캠퍼스 운동회 날은 단체 줄넘기며 피구 등 게임에도
참여했다. 나이를 알 수 없다는 듯 동기들이 물음표를 던
졌다. 꾸준히 운동해 온 그 체력을 요긴하게 발휘했다.

문학 답사로 지방 역사 유적지며 사대문 안 궁을 돌
때, 입장권을 끊고 돌아섰다가 문득 매표소에 학생증을
내밀어 보았다. "학부생이세요?" 말없이 웃음으로 대답
했다. 뜻밖의 할인에 하늘을 날아오를 듯 기뻤다.

세 번째 스무 살

작은 것에서 큰 기쁨을 얻고 충만해하며 캠퍼스를 누비던 시간들, 내 생에 가장 빛나고 값진 시간이었다. 그 무엇으로도 채워지지 않던 공허와 허기가 차곡차곡 쌓여 소중한 시간이 되었다. 그 흔적이 힘이 되고 양분이 되어 군살을 밀어내고 유연하게 살아지리라. 앞산 숲이 점점 울창해지고 있다.

세 번째 스무 살

# 바바리 맨

　강의실 문이 열리며 학생들의 시선이 그곳을 향해 멈춘다. 키가 훤칠한 삼십 대 중반의 호남형, 방금 세수를 한 것처럼 풋풋한 비누 향이 배어 있는 듯하다. 강사는 바바리를 입은 채 돌아서서 흑판에 본인의 이름을 적는다.

　뒷모습을 보는 순간 "어! 뭐야?" 바바리 뒤 날개깃 대신 바지가 하나 거꾸로 매달려 등을 덮고 있다. 벨트 고리와 지퍼까지 달린 진바지 윗부분이다. 아랫부분은 앞으로 넘어가 보이지 않는다. 그가 입고 있는 바지는 검은색, 양옆에 흰 줄이 세 개 내려간 운동복 아닌가!

"그래서 뒷모습을 먼저 보인 거야?"

옆 짝꿍이 귀에 대고 속삭인다.

"저거 다 명품 옷이에요!"

"그래?"

강사는 앞으로 돌아선다. 뒤에서 넘어온 바지 자락은 앞 칼라 깃을 대신한 액세서리 역할이다. 간단한 자기소개를 마친 후 질끈 묶어 여민 바바리 허리끈을 풀고 겉옷을 벗는다.

드러난 티셔츠 또한 특이하다. 은은한 미색의 라운드 티, 목 라인을 따라 구멍이 뻥뻥 뚫려 있다. 그 구멍으로 같은 색 끈이 빙글빙글 돌아 끈 하나는 뒤로 다른 끈은 앞으로 늘어뜨렸다. 그것도 반은 구멍이 나고 반만 끈이 연결되어 뒤로 넘어가 있다.

강의실 안은 호기심 가득한 표정들이다. 나이 차이며 삶의 모습도 천차만별이지만 초등학교를 갓 입학한 풋내기 모습이다. 적당히 긴장도 하고 한 학기를 좌우하는 출석 수업, '시험문제가 어떻게 나올까?' 한마디도 놓치지 않으려는 듯 진지한 모습이다.

"저를 이전에 만나신 분?"

강사의 질문에 여기저기서 손을 든다. '난 처음인데…' 이 말은 입안에서 서성이고 엄숙한 그 표정에서 웃음이 핀다. 강의도 중요하지만 겉으로 보여지는 모습도 중요하다며 학생들을 배려하기 위한 마음 챙김이라고 강조한다. 긴 하루 조금이라도 지루함을 덜어내기 바란다고 말한다. 신선한 느낌이다.

사실 출석 수업은 온라인 수업에서 한 학기당 한 번 있는 교수와의 만남이다. 하루 여덟 시간 꼬박 이틀을 책상에 앉아 있어야 하고, 시간마다 출석을 확인하는 건 매시간 학생들이 다르기 때문이다. 한곳에 이틀간 열여섯 시간을 앉아 있기란 쉽지 않은 일이다.

강의가 시작되자 목소리 톤과 정확한 발음은 누구도 딴짓을 할 수 없게 했다. 그만큼 집중도가 높았다.

공부 요령, 암기, 핵심 정리까지 참 쉽다. 강사 말대로라면 모두 장학생이다. 일곱 학기가 지난 내겐 마지막 학기이니 플랫폼에서 지나간 열차 꽁무니를 바라보는 격이다. 실전은 전혀 다르다는 것쯤 잘 알고 있지만 그래도 아쉬움이 크다.

보고 듣고 쓰고 수없이 반복해도 저장 창고에 남아 있는 건 불과 몇, 그 몇 개를 위해 요점 정리한 메모지를 붙여 놓고 눈으로 익히고, 길을 오가며 이어폰으로 듣고, 시간 내서 도서관으로 향한다. 오후 10시가 되면 도서관 내 전선을 타고 흐르는 목소리가 있다.

"청소년 여러분, 이제 밤이 깊었습니다. 모두 가정으로 돌아가시기 바랍니다."

그 소리는 다시 가슴을 뛰게 했다.

사물이 보이지 않는 막힌 곳에서 집중이 더 잘 된다. 기말 시험 날짜를 눈에 띄게 달력에 표시해 놓고 해야 할 일들을 뒤로 미룬다. 꼭 나가야 할 곳만 잠깐 다녀온다.


가파른 산길에 바위를 오르고 비바람 불면 몸을 낮추고, 더 험한 곳에서는 자일에 매달리듯 가까스로 오르기를 했다. 때로는 주저앉고 싶어서 방황했다. 너무 욕심을 부리는 건 아닐까, 되돌아가기에는 아까운 시간들이 다시 일어서게 했다.

모든 일에는 순서가 있다는 것을 실감한다. 첫 계단을 건너뛰고 시작했으니 오르는 내내 과제로 남아 있던 코스모스 학번, 이제 마지막 능선이다.

돌아보니 학생 신분으로 많은 곳을 다녔다. 역사의 현장들을 오가며 책으로 보고 해설사의 설명을 들을 때는 더 실감 나게 와 닿았다.

길은 멀었어도 학생 신분으로 지나온 날, 여기까지 따라온 것만도 다행이다. 환갑을 넘기며 시작한 일이니 어찌 쉬우랴! 이젠 영양가 높은 음식이 몸에 골고루 나눠진 듯한 포만감이 든다.

그동안 많은 교수와 강사의 강의를 들었지만 마지막 학기 바바리 맨의 강의는 신선하면서도 집중도가 높아 결과도 좋게 나왔다. 엄숙하게 차려입은 외모보다 자연스러운 편안함이 안정감으로 전해진 것 같다.


바바리 맨

인생 2막을 살 듯 오랜 꿈을 향해 달려온 날들, 마지막 능선이 곱고 평화롭다. 야생화의 고운 꽃잎같이 그윽한 향을 지닌 그런 삶으로 이어지길 소망해 본다.

# 꽃잎 날리던 날

촉촉하게 이슬비가 내리는 날, 양수 전철역에서 우리는 만났다. 한 친구가 남편과 함께 승용차를 몰고 왔다. 일행은 모두 그 차에 올랐다. 서종면으로 향하는 길을 따라 이울기 시작한 벚꽃들이 앞차 꽁무니에 휘몰아치다 나비 떼가 되어 날았다. 꽃잎들의 날갯짓에 창밖으로 향한 우리 시선은 황홀경에 빠져들었다.

우린 자치구에서 운영하는 문학 동아리에서 만난 동지들이다. 시, 시조, 수필, 동화, 관심 있는 분야도 다양하다. 몇몇은 진즉 만나오고 있었지만 소식이 끊겨 잊고 지내다가 최근에 함께한 친구도 있다. 문학으로 한곳을 바라보며 만나는 일곱 명, 팀명은 '연필소리'다.

그중 한 친구가 지금 향하는 정배리로 우리를 초대했다. 우리의 추억이 어려 있는 곳, 연꽃이 만발한 두물머리, 세미원, 물의 정원, 자주 찾던 곳이다.

강 건너 물의 정원, 파르스레 너울 쓴 버들이 손짓한다. 눈이 내린 듯 토끼풀이 하얗게 꽃을 피울 때 그 꽃으로 화관을 만들어 쓰고 노닐던 일, 화초 양귀비의 매혹적인 붉은빛, 사진작가 친구는 올 때마다 추억을 알알이 차곡차곡 저장해 두었다.

물의 정원에서 보았을 때 멀리 도로를 따라 벚꽃이 흰 띠를 두르고 끝없이 이어지던 그 꽃길, 아득하게 멀어만 보이던 바로 그 길을 달리며 여인들의 웃음소리는 날개를 단다.

이십여 분 달려 도착한 아담하고 아늑한 집. 갓 돋아난 연녹색 이파리와 만개한 진달래가 집을 에워싸고 하늘거린다. 곳곳에는 주변 풍경과 어울리는 괴목과 돌들이 자연스럽게 멋을 낸다. 텃밭의 야채들은 아직 어리다. 마당 끝에 서 있는 빨간 파라솔이 눈길을 끈다. 비가 내려 아쉬움을 뒤로하고 집 안으로 든다.

우릴 초대한 부부는 분주하다. 숯불 위에서는 삼겹살이 노릇하게 익어가고, 더덕, 두릅, 도토리묵, 명이, 산나물 등이 입맛을 돋운다. 노릇노릇 부쳐 낸 야채전이 동글동글 둘러앉아 어서 데려가라는 듯 손길을 기다린다. 점점이 빨간 눈을 깜빡이며 소곤대듯이.

오찬상 위에 또 하나가 눈길을 끈다. 케이크 위에 '연필소리'란 초콜릿 글자가 정겹다. 그 이름을 지은 이가 만들어 왔단다. 샴페인까지 곁들인 빛 곱고 결 고운 사람들의 오가는 말 속에는 향기가 가득하다. 투명한 유리잔이 부딪치는 소리와 함께 분위기는 고조되어 얼굴들이 불콰하다.

남편 둘은 오늘 처음 함께한 자리인데도 오래 만나온 사이처럼 '연필소리'의 화음을 더 조화롭게 한다.

상을 물리고 장기자랑이랄까 뭐든 한 가지씩 하기

로 하고 따끈따끈한 수필 한 편을 낭송한다. 동시와 시도 읊조린다. 기타로 잔잔하게 음악을 깔아주는 집주인, 삼겹살을 구울 때와는 전혀 다른 분위기다.

"저 이 집 머슴입니다. 안녕하세요!"

처음 인사하던 모습이 무색하다. 연주를 할 수 있는 시설이며 보면대를 보니 그들에게는 익숙한 일상인 듯하다.

기타를 치는 남편 옆으로 아내가 슬며시 다가간다. 모두의 시선이 멎으니 잔잔하게 미소 지으며 하는 말, 부부가 듀엣으로 노래를 하겠단다. 호기심 어린 표정들이 환호한다. 기타 소리와 함께 울려 퍼지는 부부의 화음은 숲속 산새들의 지저귐까지 어우러져, 사랑스러운 부부의 모습이 곱고도 아름답다.

이번에는 오늘 차를 가지고 온 친구의 남편이 기타를 잡는다. 오랜만에 한다면서 노래와 함께 멋진 솜씨를 보였다.

이어서 내 차례다. 오카리나에 '철새는 날아가고' 선율이 퍼져 나간다. 밖에 나갔던 친구가 들어오며 청아한 소리가 더 곱게 멀리 퍼진다며 뒷걸음질하더니, 그러나 어쩌랴! 성화에 못 이기는 척 집주인의 기타에 맞춰 노래를 부른다. 도시를 벗어난 한적한 이곳에서의 여유와 낭만, 함께 어우러지는 화음이 좋다!

이슬비는 여전히 그칠 줄 모르고 멀리 산능선에 걸린 운무가 느리게 이동한다. 신선한 곳에서의 호흡, 풍경, 자연의 소리, 많은 미련을 두고 차에 오른다. 양수역으로 향하는 도로 양쪽으로 수놓은 우리의 추억은 서로의 가슴에 아로새겨져 흘러간다.

연필소리, 서로 나이 차이도 있고 다양한 모습으로 살아가건만 계산적이거나 편견 같은 건 알지 못한다. 두드러지게 행하는 일도 없다. 욕심도 없다. 대화도 문학 얘기로 꽃을 피운다. 그래서 부담 없고 얼굴 마주하는 것만으로도 기쁨이다. 다음 만남은 어디가 좋을까? 며칠 지나지 않아 누군가가 또 노크하리라.

**꽃잎 날리던 날**

# 석류의 유혹

베란다에 석류 한 상자가 놓여 있다. 며칠 전 어머니를 뵈러 오면서 남동생이 들고 온 선물이다.

내게는 익숙하지 않은 과일이다. 우선 보기에도 참 못생겼다. 하지만 알이 굵고 싱싱하다. 크기도 큰 배만 하다. 나무도 제법 클 것 같은데 아니란다. 잎은 버들잎 비슷하고 관상용이라 목재로는 쓸 수 없다고 한다. 일조량이 풍부한 열대지방에서 잘 자란다고 하니, 우리 고향에서는 구경도 못한 과일이다.

석류가 여성에게 좋다고 해 관심을 가져보기로 했다. 특히 에스트로겐 함량이 높다는 얘기에 흥미가 당긴다. 갱년기 여성, 노화 방지, 혈액을 정화시켜 준다고 하니 남동생이 일부러 선택한 것 같다.

지난봄 건강 검진 때 고지혈증이 의심된다고 주의하라던 의사 말이 신경 쓰였는데, 석류의 유혹에 빠져들었던 행복한 며칠이 지금도 아슴아슴 되살아난다.

불룩 튀어나온 모양새로 보아 배꼽인지 머리인지 보통 과일과는 다르다. 생각 없이 사과를 자르듯 칼로 뭉텅 자르니 빨갛게 배어 나오는 즙이 생살이 찢겨 흐르는 혈액 같다.

이게 아니다 싶어 튀어나온 부분을 먼저 자르고 세로로 위에서 아래로 껍질만 살짝 칼집을 낸 다음 알갱이가 다치지 않게 손으로 비틀 듯 쪼갰다. 씨알 하나 다치지 않고 고스란히 드러나니 보물 주머니로 둔갑해 앞에 놓여 있다.

석류의 유혹

울퉁불퉁 못생긴 모과와 닮았는데, 씨알로 드러난 석류는 정열적이고 매혹적이다. 그 빨간빛이 루비처럼 맑고 영롱하다. 벌집 모양처럼 단아하다. 씨알을 둘러싼 하얀 막은 면사포를 쓴 신부처럼 정숙하고 신비롭기까지 하다. 두꺼운 껍질 속에서 잠자다가 엉겁결에 불려 나온 모습 그대로다.

한쪽을 들고 입술로 알갱이를 떼어 입안에 넣는다. 혀로 굴려가며 부드럽고 산뜻한 감촉을 음미하며 알갱이를 터트린다. 입안에 퍼지는 새큼한 맛!

"역시 과일은 이 맛이야~"

보이지 않는 몸속 세포들이 음표를 달고 흥얼대는 듯하다. 뒤뚱거리던 기억의 조각들도 다소곳해진다. 마음이 부자가 된 듯 충만하다.

석류와 함께한 며칠 동안 누군가에게 극진히 대접을 받은 기분이 든다. 시간이 지날수록 석류의 유혹에서 헤어나기 어려울 것 같다. 한동안은 말이다.

동네 과일 가게에서도 높은 자리에서 귀한 대접을

받는다. 지금 보니 그리 못생긴 건 아니다. 굵은 씨알들이 나란히 앉아 데려갈 사람을 유혹한다. 겉보기와는 달리 알차고 실속 있는 석류, 그 매력은 오래갈 것 같다. 알찬 석류의 내면을 닮았으면 좋겠다.

석류의 유혹

# 참새들의 이야기

여린 잎들이 하늘거리는 숲길을 지난다. 그 길을 지나 돌아앉은 유치원 현관문을 열고 들어선다. 아이들이 양 손을 흔들며 콩콩 뛴다. 하던 것을 정리하느라 손길이 바빠진다. 호기심 가득한 얼굴들이다. 톡 건드리면 무슨 얘기든 쏟아낼 표정들이다.

한국국학진흥원에서는 자라나는 아이들의 인성 교육 을 위해 '아름다운 이야기 할머니 사업단'을 운영하고 있 다. 할머니들은 옛 선현들의 미담과 용기, 지혜, 효 이야 기들을 한 편씩 외워 유치원 아이들에게 들려준다. 옛날

할머니들이 손주를 무릎에 앉혀놓고 들려주던 모습을 재현하듯이 할머니들은 6개월간 교육을 받고 현장 수업을 나간다. 활동 중에도 일 년에 두 번 방학 기간을 이용해 교육을 받는다.

아이들이 이야기를 듣는 이십여 분간은 할머니와 아이들이 소통하고 공감할 수 있는 시간이다. 집중도를 높이기 위해 율동과 노래, 지난주에 들려준 이야기를 되짚어 질문도 한다. 이야기가 끝나고 집중도가 흩어질 때쯤 이야기에 대한 그림을 보여 주면 아이들은 다시 눈을 반짝인다.

첫날 유치원에 갔을 때다. 담임 선생님은 아이들 수업 준비를 해놓고 보조 선생님이 아이들과 함께 이야기를 들었다.

첫 수업을 막 시작하는데 한 아이와 눈이 마주쳤다. 옆에 있는 선생님의 눈치를 쓱 보며 아이는 "가, 가"라고 했다. 놀라고 당혹스러워서 멈칫했다. 뜻밖의 아이 태도에 난감했다. 다른 아이들도 있으니 못 본 체하고 이야기를 이어 나갔다. 끝난 다음 그 아이에게 다가갔다. 부드러운 목소리로 조심스럽게 등을 어루만지며 말을 걸었다.

"몇 살? 참 예쁘다! 머리핀 누가 사 줬어?"

아이는 무표정한 얼굴로 등을 돌렸다. 소리라도 질렀다면 얼마나 난감했을까? 그것만으로도 다행스러웠다.

다음 날도 내내 신경이 그 아이에게 쏠렸다. 다가가서 말을 걸었다. 눈길 한 번 더 주고 손잡아 주고 칭찬하고. 그렇게 관심을 보였다. 삼 주쯤 지났을까, 수업을 끝내고 현관문을 막 나서는데 누군가 등 뒤에서 인사를 했다.

"안녕히 가세요, 이야기 선생님!"

"어머, 현아야!"

그 아이였다. 반갑고 고마워서 손을 꼭 잡고 안아 주었다.

어느새 아이는 뒷자리에서 맨 앞자리로 옮겨 앉아 할머니 이야기를 놓칠세라 두 눈을 반짝였다. 율동을 할 때 고사리 같은 손을 꼬물거리며 손뼉도 치고 이쪽저쪽 고개를 살랑거렸다. 탱글탱글 대추만 한 입으로 노래도

세 번째 스무 살

●

따라 불렀다.

할머니를 따라하는 아이들의 표정! 정말 힘이 솟는다. 엄지와 검지를 펴 이야기 속으로 출발! 손으로 총 쏘는 시늉을 한다.

이야기를 듣는 잠깐의 시간, 아이들의 집중 시간은 한계가 있다. 그때쯤 그림을 보여 주며 질문을 한다. 눈망울은 다시 초롱초롱해지고 그림에 온 관심이 쏠린다. 저요! 저요! 질문을 하고도 무슨 얘기든 하고 싶어 한다. 낟알을 발견한 참새 떼들이 모이를 쫓아 콩콩거리듯 의욕이 넘친다.

때로는 엉뚱한 질문을 하는 아이도 있다. 하지만 아이가 한 말에 호감을 보인다. 소신껏 자기 의견을 표현할 수 있도록 도와준다.

아직은 피지 않은 꽃봉오리! 꽃들이 자라려면 햇빛과 공기, 물, 바람이 필요하듯 아이들에게 풍요롭고 따스한 온기를 불어넣어 주고 싶은 것이 할머니의 마음이다.

살포시 웃음 짓던 아이, 반짝이는 까만 눈동자, 꼬물거리던 그 손. 보다 더 보배로운 건 그 아이, 처음 낯선 사람과의 만남이 싫어서 그랬던 아이다. 수업을 마치고 나올 때면 현관에 나와 보이지 않을 때까지 손을 흔드는 아이들, 사랑스럽다!

첫해에 안 쓰던 목을 많이 쓰다 보니 무리가 되었다. 병원에서는 성대 결절이라고 했다. 다행히 바로 방학이어서 잘 회복되었다. 이젠 어떤 상황이 된다 해도 감내할 수 있는 여유가 생겼다.

내가 주는 것보다 웃음을 더 많이 안겨 주는 아이들, 말과 행동 어느 곳에서나 바른 것을 추구하게 하는 아이들, 큰 꿈을 품고 늘 향기 나는 아이들로 자라나길 바라는 마음 가득하다.

세 번째 스무 살

●

# 앎의 앓이

모르는 것을 하나하나 알아간다는 건 즐거운 일이다. 부족한 부분을 채워 가고 지혜와 인격을 연마해 가는 과정이다. 필요할 때를 대비한 나만의 힘, 그것이기도 하다. 공부는 인생의 가치를 올려 주는 디딤돌이요, 판단력과 창의력을 길러 주는 기초다.

언제인가부터 내 안에 싹트기 시작한 글을 쓰고픈 욕망은 그림자처럼 늘 따라다니며 나를 옥죄어 오기도 했다. 그런가 하면 끊임없이 번뇌하는 삶이 싫어질 때도 있어 글쓰기를 포기해야겠다는 실망에 부딪히기도 했다.

그래도 해야겠다는 집념이 나를 더 강하게 이끌어 갔다.

더 알고 싶은 것에 대한 용트림. 내실을 견고하게 채우고 싶다. 받아들이는 게 많을수록 모나지 않고 편안함을 주는 것 같다. 영양가 있는 음식을 골고루 섭취해서 건강한 사람처럼 마음의 양식도 다를 바 없지 않은가. 그래서 외부의 어떤 사고(思考)에도 흔들리지 않는다. 어려운 일에 처했을 때보다 더 현명하게 대처할 수 있는 능력도 앎의 힘 그것 아닐까.


어릴 적 아버지를 따라 강원도 두메산골 작은댁에 갔을 때 기억이 난다. 찻길이 닿지 않아 십 리 이상을 걸어야 갈 수 있는 곳이었다. 그날은 눈이 많이 내렸다. 몇 굽이의 산을 넘어 도착한 작은댁에서 그 밤을 지냈다.

한밤중 뒷산에서 들리는 뚝! 툭! 그 소리는 많은 걸 상상하게 했다. 무슨 소리일까? 산속에 숨어 있는 괴한이나 흉기를 든 도둑은 아닐까? 산이 깊어 그 소리는 메아리로 울려 퍼져 여운을 남겼다. 산짐승들이 먹을 것을 찾는 소리라는 아버지의 말씀을 듣고도 불안하여 밤을 하얗게 지새웠다.

다음 날 그 뒷산에는 허옇게 속살을 드러낸 나뭇가지들이 널려 있었다. 그건 나무들이 토해 낸 고통의 소리였다. 그것이야말로 밤새 소리 없이 내려 쌓인 부드러운 눈송이의 무게를 견디다 못해 나뭇가지들이 찢겨지면서 토해 낸 비명소리였다. 어떤 무기의 힘보다 더 강한 부드러움의 힘이었다. 그땐 그것을 알지 못했다. 햇볕이 나면 이내 물이 되어 버릴, 힘이라고도 할 수 없는 부드러움이 그런 결과를 낳기도 한다는 것을.

보이지 않는 힘을 얻고자 책장을 넘긴다. 푸근하다. 얻고자 한 마음 안에서 충만함이 나를 감싼다. 글을 쓴다는 건 많은 것을 생각하고, 읽고, 쓰고, 습작을 통해 자신을 다듬어 나가는 행위요, 무엇이든 표현할 수 있는 자유로움이다. 모든 사물을 소홀히 흘려 버리지 않고, 그래서 나를 따라다니는 그림자를 뜨겁게 끌어안으려 한다.

앎의 앓이

많은 것을 수용할 수 있는 그런 사람으로 살고 싶다. 해가 바뀔수록 권위 있는 사람보다, 색이 강한 사람보다, 기품 있으면서도 편안하고 부드러운 사람, 그런 사람이 좋아 보인다.

얼마나 긴 시간이 지나야 할까. 내 무능의 뜰에서 서성이는 어린 것들, 언어의 알갱이들. 나는 그들을 곱게 가꿔 내보내기 위한 앓이를 한다. 시간의 뚜벅거리는 소리를 들으면서.

# 둥지 떠난 작은 새

스산한 바람이 옷깃을 여미게 한다. 해넘이가 끝나니 더욱 찬 기운이 휘돈다. 어둠이 내려앉고 하나둘 불빛이 늘어가면서 일터로 나갔던 사람들이 저마다의 둥지로 돌아온다.

발걸음 소리에 귀 기울이며 현관문에 자주 눈길이 머문다. 시간이 지나도 오지 않는 우리 집 막내. 웬일이지? 궁금증이 꼬리에 꼬리를 물다가 문득, 아! 내 아이 하나가 떠났구나. 인생의 동반자를 만나 그 아이의 새 둥지가 있다는 걸 잊고 아직 습관처럼 아이를 기다린다.

시집가기 전 새 아파트로 이사 와 제 방에 누우면 밤 하늘의 별이 보인다며 좋아하던 아이는 눈이 펑펑 오는 날, 거실 창밖으로 보이는 용마산 자락 소나무 위에 눈이 앉으니 학들이 군무를 펼치는 듯한 그 풍경을 혼자 보기 아깝다며 외출한 언니를 불러 집으로 오게 했다. 누가 건드리기라도 하면 날카로운 매의 눈으로 쏘아보며 화를 내는 칼칼한 아이다.

어릴 적 산동네 옥상 계단을 오르내리며 놀다가 떨어져서 울지도 못하고 축 늘어진 아이를 등에 업고 정신없이 병원으로 내달리던 날, 병원 침대에서 한참 만에 깨어나 창밖이 캄캄한 것을 보고는 엄마는 이제 집에 못 간다며 놀리는데, 정신이상이 온 줄 알고 또 한 번 놀랐다.

오빠와 언니 그리고 막내인 저까지 대학에 가면 부모님의 부담이 크다며 실업고를 택했다. 고3이 되고 보니 마음이 달라졌는지 자신 있게 앞에서는 말도 못하고 등 뒤에서 엄마를 안으며 작은 소리로 말했다.

"엄마, 나 대학 가고 싶어."

세 번째 스무 살

●

삼 남매가 다 대학에 다니면 아빠 부담이 클 테니 막내는 자신이 없었던 거다. 엄마가 잘 말해 달라며 조심스럽게 얘기하는 아이를 부둥켜안으며 "무슨 소리야? 딸이 공부하고 싶다는데 어느 부모가 하지 말라고 하겠니?" 하면서 하고 싶은 거 다 하라고, 아빠도 엄마 마음과 같으니 걱정하지 말라고 안심시켰다.

그 후 막내는 디자인학과에 가기 위해 새벽 두세 시까지 잠자는 시간을 아껴 가며 스케치 연습을 했다. 그렇게 해서 합격 통지를 받은 두 군데 중 집에서 가까운 곳에 가길 바랐지만, 제 생각은 달랐다. 결국 멀어도 가고 싶은 곳에 간다고 하니 아이 뜻에 따랐다.

대학을 졸업한 그해 어버이날 아침, 힘들게 공부시켜 주신 은혜 이 '작은 명함'으로 대신한다며 카네이션과 함께 식탁에 놓고 출근했다.

그런데 어느새 짝을 만나 떠났건만 저녁이면 기다린다. 그 기다림이 짙어 가던 날, 거실에 크리스마스 트리가 장식된 성탄 전야에 둥지를 떠났던 작은 새는 등에 하얀 천사 날개를 달고 현관문을 들어섰다. 외출했다 돌아오는 아이처럼.

* 하얀 천사 날개는 제과점에서 준 사은품이다.

세 번째 스무 살
•

# 어리석은 도둑

딸각 소리에 잠을 깼다. 두 시가 넘어 잠들었지만 깊은 잠을 깨우기에 충분한 소리였다.

새벽 네다섯 시쯤 같다. 이른 시간인데 애들이 나간 걸까? 두 딸아이 방을 확인하니 잠들어 있다. 현관문을 잡아당겨 쿵 소리를 내보고 곧 날이 밝을 테니 열어 두었다. 거실을 둘러봐도 별다른 이상은 없다. 그런데도 무서운 생각이 엄습해 왔다. 분명 바람이 낸 소리와는 다른 석연치 않은 예감에 현관 밖 계단 등을 켰다가 다시 껐다. 역시 조용하다.

밖에는 추적추적 겨울비가 내린다. 아직 도시는 곤히 잠에 취한 시간이다. 하루 일을 시작해 소음을 내기엔 이르다.

자리에 엎드려 날이 밝기를 기다렸다. 오 분이나 지났을까, 거실 쪽에서 음산하고 싸한 공기가 느껴졌다. 규칙적으로 사각사각, 비닐을 스치는 듯한 소리가 들렸다. 몸이 조여 왔다. 뭘까? 사위스럽다. 늦게 만취해서 들어온 남편은 세상모르고 잠들었으니 깨워도 무의미했다.

뭔가 확인해야만 하는 상황이다. 쥐나 고양이가 있는 것도 아니다. 점점 두려워진다. 용기를 내야만 했다. 몸을 반쯤 일으켜 거실 불을 켜려고 스위치에 손이 닿기 직전, 검은 얼굴이 내 앞에 쑥 나타났다. 으악! 비명을 질렀다. 도둑이었다! 순간 크게 소리를 질러 쫓아야 한다는 생각이 번쩍 들었다.

비명소리에 놀란 딸들이 허둥지둥 뛰어나왔다. 도, 도둑! 딸애가 뛰어나가는 도둑의 뒤통수를 보았다. 새파랗게 질려 있는 엄마를 보고 딸이 신고를 했다. 경찰이

왔다. 도둑의 흔적이나 다친 사람도 잃어버린 물건도 없으니 조사해 보겠다며 문단속 잘하라는 말만 남기고 돌아갔다.

어이없게도 현관문이 열려 있어서 일어난 일이다. 딸깍 소리에 일어나 거실을 살필 때 도둑은 이미 집 안에 들어와 숨어 있었던 거다. 그때 문을 잠갔으면 도둑과 마주쳤을 일이다. 아들이 집에 있었다면 몸싸움이 일어날 수 있는 아찔한 순간을 모면했다. 새벽 시간에 문을 잠그는 건 당연한데 무슨 생각으로 잠그지 않았을까. 그러지 않은 게 천만다행이었다.

그 집은 한번 들어오면 바깥으로 통하는 문은 오직 현관문뿐이다. 아니면 이층 방에서 아래로 뛰어내리는 수밖에 없다. 서투른 도둑이 아니었나 싶다. 도둑은 도망칠 길부터 알아보고 든다는데.

우리 고전수필에 아비 도둑과 아들 도둑 이야기가 있다. 아비 도둑이 아들 도둑에게 모든 기술을 다 알려 주자

어리석은 도둑

의기양양한 아들은 이제 혼자 해도 자신 있다고 말한다. 하지만 아버지는 안심할 수가 없었다.

"아들아, 지혜는 배워서 되는 게 아니다. 터득해서 깨달아야 한다."

그리고 어느 날 아들을 데리고 부잣집 곡간으로 갔다. 아버지는 아들을 곡간에 들게 하고 밖에서 문을 잠가 버렸다. 그리고 일부러 소리를 내어 주인이 듣게 했다. 주인이 나와 도둑이 들었다며 곡간 문을 열자 아들 도둑은 잽싸게 도망쳤다. 다급해진 아들은 뒤쫓아오는 주인을 따돌리기 위해 커다란 돌을 연못에다 던졌다. 그러자 주인은 도둑이 연못으로 뛰어든 줄 알고 연못을 에워싸고 도둑을 찾기 시작했다. 그 틈에 아들은 안전하게 도망칠 수 있었다.

아버지는 아들에게 말했다.

"이제 너는 독보적인 도둑이 되었다."


우리 집에 들어온 도둑은 어리석은 듯하다. 나갈 곳도

확인하지 않고 들어왔으니 말이다.

날이 밝아 현관을 보니 신발 하나도 흐트러지지 않았다. 비가 내려 발자국만 여덟 개 계단 아래 남아 있었다. 그야말로 날아가듯 도망쳤다.

그때를 생각하면 아직 후들거리고 속이 메스꺼워 온다. 몹시 놀란 스트레스 때문이다. 어디선가 괴한이 튀어나올 것 같은 불안감에 혼자 집에 있을 수가 없어서 가족들이 퇴근할 때를 기다렸다가 같이 들어오곤 했다.

그날의 휴유증은 오랜 시간 지속되었다. 아파트로 이사할 기일과 맞지 않아 임시로 살던 집이니 망정이지 내내 살 집에서 일어난 일이었다면 어찌했을까.

# 솔티재에서

세월이 흘러 무뎌지고 퇴색해 가는 시간 속에서도 지워지지 않는 것들이 있다. 다시 돌아올 수 없는 추억의 한 모퉁이에서 빛바랜 사진첩을 들춰내듯 기억의 저편에서 흩어진 기억들을 주섬주섬 꺼내 본다.

꼬불꼬불 산길을 따라 고개를 넘고 십 리 길을 걸어야 학교에 가던 시절, 늦게 돌아오는 길엔 칠흑 같은 어둠 속 인가도 새하얀 가로등도 없었다. 어린 단발머리 두 소녀가 감당하기에는 너무 벅차, 무서움을 잊기 위해 큰 소리로 노래를 부르며 오곤 했다.

동갑인 사촌은 나와 한 달 차이지만 체격이 커서 남학생들에게 호감의 대상이었다. 키 작은 나를 보고 꼬마가 늘 따라다닌다고 놀려대곤 했다.

어느 날 학교를 파하고 솔티재를 넘을 때였다. 걸어서도 오르기 힘든 고갯길, 제법 경사진 곳에 쇠똥구리 두 마리가 몸보다 더 큰 쇠똥구슬을 가슴에 맞대고 가녀린 앞다리로 밀고 뒷다리로 중심을 잡으며 온 힘을 다해 언덕을 오르고 있었다. 어디로 갈까?

두 소녀는 호기심이 발동하여 쇠똥구리에게 방해가 되지 않게 살살 따라갔다. 비탈진 고개를 한참 만에 거의 다 올라왔을 때 곤충들은 굴리던 쇠똥구슬을 놓치고 말았다. 비탈길 한참 아래로 떨어진 것도 모르고 그 구슬을 찾느라 더듬이를 연신 이리저리 움직여 봐도 쇠똥구리한테는 너무도 까마득히 먼 곳에 굴러가 있었다.

그렇게 멀리 있는 줄도 모르고 제자리에서 빙빙 도는 쇠똥구리들은 올라올 때의 힘 있고 당당한 모습은 온데

간데없고 고개는 땅을 향해 원을 그리듯 한자리에서 더듬이만 열심히 놀려댔다. 그 모습이 우스워서 우리는 땅바닥에 주저앉아 깔깔대고 웃었다. 웃다가 서로 얼굴이 마주치면 눈물 콧물이 범벅된 얼굴이 우스워서 더 웃었다.

곤충들은 얼마나 난감했을까? 그 언덕을 내려가서 주워다 줄 생각은 왜 못했을까! 그때 그 쇠똥구슬은 겨울을 나기 위한 월동 준비였다. 그리고 그 속에는 쇠똥구리의 유충이 들어 있다.

두 마리는 암컷과 수컷으로 번식을 위한 생존 투쟁이었다. 유충은 일정 기간이 지나면 부화되고 그 속에서 애벌레가 되어 똥구슬은 양식이요 보호막이고 자라면 밖으로 나온다. 이때 어미인 암컷과 수컷은 새끼를 두고 다른 곳으로 떠난다.


하찮은 풀 한 포기도 사연이 있고 이유가 있거늘, 신비로운 자연 생태계 앞에서 무심히 훼손되어 가는 것을 볼 때면 무척 쓸쓸하다. 그 언덕에는 곤충들의 생태계도,

세 번째 스무 살

산새들의 하모니도, 봄이면 울긋불긋 수놓던 산마루도 사라진 지 오래다.

그 길에는 승용차가 드나들고, 허연 속살을 드러낸 채 힘겨워하는 모습이다. 낯선 사람들과 소와 돼지 축사들로 악취를 풍기는 고향 마을. 씁쓸한 마음으로 어머니 산소를 돌아서 왔다. 언제든 달려가면 향수를 느낄 수 있는 그런 고향이 그립다.

솔티재에서

## 제3부

# 어머니의 오솔길

# 더듬거리다

나이 들어간다는 건
망각에 익숙해져 가는 것
읽던 책의 문장 끝에서
앞 문장을 더듬거리고

물건을 두고도
기억 안 나 더듬거리고
외출할 때 옷장을 열고
어떤 옷을 입나 더듬거리고
결국 많이 입던 옷에
눈길이 머문다

새로운 것은 이제 그만
메시지를 보내니
나뭇잎이 나풀거린다
세월을 뒤적인다

지난 사랑을 더듬는 건
그만큼 네가 가슴에 깊이
새겨져 있기 때문이다.

더듬거리다

# 어머니의 오솔길

하루치의 허름한 햇살에 산그림자가 길게 누운 오후 고향에 도착했다. 마을 앞을 흐르는 시냇물을 따라 도회지로 연결된 도로가 이어져 있다. 승용차가 마을 어귀에 들어서자 어머니는 멀리서 하던 일을 멈추고 바라보셨다.

여든이 넘은 어머니가 고향집에 홀로 계신다. 돌아가신 아버지의 흔적과 함께 어머니가 태어나고 자란 고향이기도 하다. 자식들의 만류에도 그곳을 떠날 생각을 안 하신다. 어머니는 예고도 없이 나타난 딸을 환하게 웃으며 반기셨다.

여장을 풀고 뒷산 오라버니 산소로 향했다. 집에서 이십여 분 거리. 언덕이 가파르다. 길이 나 있는 곳도 아니고 숲을 헤치며 가야 했다. 사람들이 자주 다니는 곳도 아니다.

산소에 도착하니 봉분 한쪽이 무너져 있고, 주변 큰 아름드리나무도 잎이 누렇게 말라가고 있었다. 다른 것들은 푸릇푸릇한데 유난히 큰 나무만 그랬다. 장마가 휩쓸고 간 흔적이라기에는 의문이 풀리지 않았다. 어머니에게 여쭤 보니,

"그거 내가 톱질했어."

"저 큰 나무를 엄마가요?"

순간 할 말을 잃고 멍했다. 젊은이도 벅찰 톱질을 여든이 넘은 노모가 얼마나 많은 날을 오르내리며 구슬땀을 흘리셨을까! 땅속에 묻힌 자식, 다하지 못한 사랑, 애틋한 그리움을 그렇게 달래셨다. 위 수술 후유증으로 그냥 걷기도 힘든 길인데도 말이다. 산소에 그늘이 져서 잔디가 잘 자라지 않는다고 하셨다. 그래서 봉분이 무너진 거라고.

어머니의 오솔길

세 번째 스무 살

어머니에게 섭섭함을 토해 내려 했던 말이 산산이 부서져 내렸다. 오자마자 그랬다면 어머니에게 상처가 되고, 안 그래도 딸자식이 큰일을 치르는 날 가 보지 못한 그 마음에 더 깊은 옹이로 남을 뻔했다.

딸아이 시집을 보냈다. 그 일로 어머니에게 섭섭했던 마음을 전하러 온 길이었다. 당신 자식이 딸을 키워 출가시키는 가슴 벅찬 그 현장을 보여 드리고 싶었는데 어머니는 오시지 않았다. 그러나 열 마디 말보다 눈으로 본 그 현장은 말문을 닫고도 남음이었다.


오라버니는 사업을 한다고 외국으로 떠난 뒤 십 년이 넘도록 소식이 없었다. 수많은 날을 어머니와 내 형제, 조카들까지, 그리움의 무게를 넘어 애달픔으로 가슴을 저며야 했다. 사방으로 수소문해 봐도 소용이 없더니 희미한 소문이 들려왔다.

조카는 오라버니를 찾아 현지로 출국 준비를 하고 있었다. 꼭 만날 수 있을 거라며 출발 날짜를 손꼽아 기다렸다. 그런데 뜻밖의 소식이 전해졌다. 출국하기 이틀 전, 현지인들이 오라버니의 소지품에서 주소를 찾아내어 연락을 해 왔다. 사망 통보! 믿을 수 없는 현실 앞에 조카는 아빠의 사망을 확인하러 길을 나서야 했다.

싱가포르였다. 비가 많이 와서 운영하던 사업장에 물이 들어 기계를 다루다가 감전사고가 났다는 것이다. 그곳 사람들이 그때 상황을 사진으로 찍어서 보냈다. 막막한 현실 앞에 하소연할 곳도 어디 알아볼 곳도, 망망대해 칠흑 같은 어둠 속에서 가슴만 쳐야 했다. 결국 조카는 아빠 유골을 안고 유품과 함께 돌아왔다.

십 년이 넘게 기다리다 가슴에 묻은 자식, 어머니는 그래서 단 하루도 집을 떠나지 못하신 거다. 이 딸은 자식을 낳아 시집을 보내고서도 부모 앞에서는 여전히 철없고 어리석다.

"어머니, 잘못했습니다."

아무리 머리를 조아려도 죄스러운 마음이 가시지 않았다. 숲을 헤치고 나뭇가지를 치우며 오르내린 길이 오솔길이 되었다.

큰아들을 가슴에 묻고도 다른 자식들 앞에 내색조차 없었던 그 애틋한 마음, 어머니의 그 깊은 뜻을 단 한 번도 생각지 못한 어리석은 딸, 그 무한한 깊은 사랑, 어찌 헤아릴 수 있으랴!

어머니의 오솔길

# 가시 없는 선인장

발코니에 아침 햇살이 내려앉으니 화초들이 수런댄다. 녀석들에게 다가가 하나하나 눈맞춤을 한다. 각각 다른 사연을 안고 내 집에 와 잘 자라고 있다.

선인장 종류는 별로 좋아하지 않는다. 눈을 마주칠 때마다 날카로운 그 시선이 못마땅하다. 한나절 햇살도 받고 영양을 줄 때는 가만히 앉아 누리면서도 예리한 그 눈길은 누그러질 줄 모른다. 그러니

내 시선 또한 부드러울 리 없다.

그런 마음을 알아차리기라도 한 듯 선인장은 얼마 지나지 않아 주저앉고 말았다. 그 녀석의 특성을 잘 알아차리지 못한 탓이다.

그런데 얼마 전 새로운 식구가 생겼다. '가시 없는 선인장'이다. 꽃이 시들어 가는데 꽃술에 뭔가가 기웃거리고 있었다. 자세히 들여다보니 파리였다! 나비도 벌도 아닌 파리가 왜 꽃에 앉아 있는 건지 의아했다. 가시도 없고 손가락 굵기만 한 녀석이 밉상은 아니다. 집에 온 인연도 특별했다.

노인요양보호사 교육을 받을 때다. 새로운 경험을 해 보자는 뜻으로 한동안 독거노인 밑반찬 만들기 자원봉사를 한 적이 있다. 그분들에게 먹을거리도 중요하지만 아무리 맛있는 반찬이 앞에 놓여 있다 해도 몸이 불편하니 선택의 여지가 없는 밥상에 제대로 맛이 나기나 할까 싶었다.

가시 없는 선인장

정신이 점점 쇠약해져 가는 노인을 보았다. 그래서 간단한 의학 상식을 배우고 환자 식이요법도 익히는 교육과정이 끝나고 현장실습을 나갔다.

구리 동구릉에 사는 환자는 말도 못하고 몸도 움직일 수 없는 어른이었다. 어느 날 갑자기 쓰러져 한쪽 마비가 오더니 이제 혼자 힘으로 할 수 있는 게 아무것도 없다. 십 년의 긴 세월, 그의 부인도 간병에 지친 듯 초췌한 모습이었다.

내가 할 일은 어른의 식사를 도와주고 대화를 유도하는 것이었는데, 부인도 내 몫인 듯했다. 노인을 돌보고 남는 시간에 그 댁에서 키우는 화초에 물을 주고 떡잎도 떼 주고 먼지도 닦아 주었다. 부인은 외출에서 돌아와 고맙다며 화분에서 가시 없는 선인장을 몇 가닥 떼어 내게 주었다.

그 댁에서 나흘째 되던 날이었다. 해 질 녘 부인이 잠깐 나갔다 돌아와 보니 베란다 방충망에 파리떼가 새카맣게 몰려 있더라는 것이다. 불현듯 스치는 생각이 있었다.

작가 베르나르 베르베르 《개미》에서 과학이 발달하기 전 사람의 사망 시간을 알아내는 방법으로 시신 주변에 몰려든 파리떼 종류에 따라 시간을 예측했다고 한다. 그렇다면 방충망의 파리떼도 어떤 예시가 아닐까 싶었다.

"이제 어르신 혼자 두지 마세요."

부인은 의아한 표정이었지만 차마 더 말을 할 수가 없었다.

다음 날은 주말이어서 이틀 뒤 월요일에 갔다. 아파트 초인종을 아무리 눌러도 반응이 없었다. 할 수 없이 비상키로 열고 들어갔다. 집 안은 어수선하고 뭔지 알 수 없는 싸한 기운이 온몸을 파고들었다. 어떻게 해야 하나, 그야말로 공포였지만 확인을 해야만 했다. 부들부들 떨리는 손으로 노인이 있던 방문을 열었다. 텅 빈 침대에 손가락 하나 까딱할 수 없고 머리카락이 솟구치는 듯한 두려움! 도망치듯 그 집을 뛰쳐나왔다. 버스 정류장에서 한참 멍하니 앉아 있다가 걸음을 옮겼다.

가시 없는 선인장

그 사연을 아는지 모르는지 부인이 준 선인장은 잘도 자랐다. 손가락 굵기 만한 녀석들이 화분 하나를 가득 메웠다. 초여름이 되자 가늘게 꽃대가 올라오는 게 보였다. 꽃망울이 알밤 크기에서 차차 어른 주먹 크기로 자라더니 꽃을 피웠다.

꽃잎 하나가 날개를 펴듯 두 잎 또 두 잎, 다섯 잎이 다 열리자 나리꽃보다 컸다. 꽃잎은 연한 미색에 진한 자주색 꽃수술, 온몸에 보송보송 솜털이 나 있고 꽃 모양이 꼭 사람이 네 날개를 펴고 하늘을 날아오를 듯한 형상이었다. 제 몸보다도 큰 꽃을 힘겹게 매달고 있어 나무젓가락으로 지지대를 해 주었다.

삼 일째 되던 날, 위에 한 잎 밑에 두 잎을 두고 가운데 두 잎이 X자로 겹쳐졌다. 양 팔다리를 펴고 날아오르는 듯한 모양이 두 잎만 X자로 겹쳐 배꼽을 가린 형상이었다.

그렇게 시들어 가던 꽃잎에 파리가 앉았다. 이상해서 꽃술에 코를 대보았다. 아뿔싸! 그건 악취였다. 생선이

썩는 듯한 악취, 식물도 주검의 내음을 풍기는 걸까?

그 어른의 자유롭지 못했던 긴 세월이 꽃으로 나타난 걸까? 누구든 생의 마지막 순간은 아름다운 모습으로 남겨지길 원한다. 그 어른의 마지막 길, 사랑하는 이들과 시원하게 말 한마디 못 나누고 정지된 시간 속에 살다가 떠났다.

못다 한 말, 못다 한 사연, 밤하늘 별박이가 되었어도 영혼만은 자유롭고 편안하길 기원해 본다.

가시 없는 선인장
●

# 외갓집 가는 길

친구야, 내 얘기 좀 들어볼래? 어느 늦은 여름밤이었지. 한 동네서 우리 집을 중심으로 위로는 이모네가 아래로는 외갓집이, 아랫동네서 온다면 우리 마을의 첫 집이 외갓집이야.

엄마 심부름으로 외갓집을 가고 있었어. 집에서 십 분도 채 안 걸리는 거리지. 늘 다니던 길이라 무심히 걷고 있었어. 외갓집에 도착할 즈음 불빛이 깨밭을 비추더라고. 난데없는 인기척이 나는 거야. 외갓집 다음으로는 아랫마을과 거리가 멀어서 한적한 곳인데 그 시간에 오고 가는 사람이 없거든. 그런데다 몽둥이를 끌면서 길옆 무성히 자라 있는 콩 포기며 옥수숫대를 탁탁 치는 소리가 들렸어. 말투도 거칠었고.

열세 살 단말머리 소녀는 덜컥 겁이 났어. 앞으로 가면 외갓집 싸리문 앞에서 마주칠 것 같아 얼른 길옆 깨밭으로 기어들었어. 가슴은 콩닥거리고 무서워서 숨도 못 쉴 것 같았어. 바닥을 기어가던 애벌레가 위협을 느끼면 몸을 동그랗게 말듯이 나도 엎드려 그들이 지나가길 기다렸지. 부들부들 떨면서. 그 잠깐이 길고도 참 길었어.

들깨 포기 사이로 불빛이 번쩍였어. 야속한 불빛이 희번덕대는데 하늘이 내려앉을 것 같은 공포에 눈을 감았어. 급하니까 "하느님!" 했던 거 같아. 들깨 포기를 퍽퍽 치며 몽둥이 끄는 소리, 바로 옆을 지날 때 무서워서 눈을 꼭 감았어. 그 순간이 지나며 차츰 소리도 공포도 멀어지고 휴! 안심했어.

그들은 동네 불량배였어. 호박에 말뚝 박기, 유리창 깨기, 빨래하는 아이 앞에 돌 던지기 등…. 동창인데 그들

외갓집 가는 길

이 싫어서 나는 한 해 선배들하고 놀았거든.

어느 날 선배들과 놀고 있는데 갑자기 문 창호지를 뚫고 몽둥이가 날아들었지. 왜 우리 동창하고 노느냐면서. 선배들이 좋게 얘기해서 보냈지 뭐야. 멋져 보이더군, 싸울 줄 알았는데.

선배들과 놀 때면 내기를 해서 지는 팀은 동네 무 구덩이에서 무 훔쳐 오기를 했어. 내기에 진 팀은 밖으로 나가 몇은 망을 보고 한 사람은 구덩이에 손을 넣어 무를 꺼내지. 고개가 반쯤 구덩이로 들어간 순간, 건너편에서 외마디 소리가 났어.

"누구얏!?"

볼일을 보고 있었던 거야. 열사흘 달빛이라 누군지 알 수는 없는데 바지를 채 올리지도 않고 엉거주춤한 채로 소리쳤어. 동네 워리들이 거세게 짖어 댔지. 납작 엎드려 살금살금 도망쳐 우린 놀던 방으로 뛰어들어와 데굴데굴 배꼽이 아프도록 웃었지. 방에 있던 애들은 영문도 모르고 같이 웃어 대는데, 그게 더 웃겼어. 날아가는 참새만

봐도 웃음이 날 때니까.

얼마 전 고향에 갔다가 남동생 동네에 살고 있는 초등학교 동창을 만났지. 외갓집 가는 길에 만났던 그 불량배 중 하나였지. 그런데 그 아이가 달라졌다는 거야. 키도 크지 않고 피부도 까맣던 그 친구는 몰라보게 달라졌더라구. 점잖은 중년 모습이었어. 남동생이 그러더군.

"그 형이 누나 좋아했어."

나를 몇 번 불러 달라고 했는데 동생이 말하지 않았대.

식사를 마친 후 그 친구와 마주 앉았어. 그에 대한 기억은 없는데, 멋스럽고 중후하게 늙어 가는 친구가 보기 좋더라.

우리 아버지가 무서워서 말할 엄두도 못 냈다면서 쓸쓸히 웃었어. 그래도 어릴 적 모습은 옛 추억이고 고향을 지키며 잘 살고 있어서 고마운 마음이 들었어.

이제 그 무서운 기억을 잊을 것 같아. 오랜 날이 지나도 어제처럼 공포로 남아 있었거든. 친구의 멋스럽게 달라진 모습이 그 기억을 지우개로 지운 듯해서 참 다행이야.

외갓집 가는 길
●

# 어머니의 반지

고향에서 어머니를 모시는 남동생한테 전화가 왔다. 어머니가 주저앉으셨는데 움직일 수 없다고 한다.

병원으로 모셨다. 검사 결과 척추 네 군데가 골절되었다고 한다. 다른 뼈도 많이 약하니 우선 골절 부분부터 치료해야 한다고 덧붙인다.

수술을 앞두고 침대에 누운 채 검사를 했다. 입원 이튿날 자정 무렵 어머니는 갑자기 호흡곤란이 왔다. 중환자실로 옮겼다. 산소마스크를 쓰고 심장 박동기도 달았다. 의료기기를 연결한 선들로 주변은 어수선했다. 앙상한 손등의 도드라진 푸른 정맥은 구순을 바라보는 어머니의 긴 삶을 말해 주는 듯했다. 간호사는 주사 놓을 자리를 찾느라 애를 썼다. 침대 머리맡에 매달린 '절대안정' 그 빨간 글씨가 몹시 거슬렸다.

당분간 호흡기와 폐질환 치료만 한다고 한다. 골절보다 다시 호흡곤란이 오면 위험하다는 의사의 말이다. 곧 골절 치료도 해야 하는데 기력이 너무 없어서 수술을 할 수 없다고, 약물치료는 집에서 해도 된다고 했다.

허리에 보조기를 하고 집으로 오셨다. 골절이 완쾌되려면 오래 걸릴 것 같으니 동생들은 요양병원으로 모시자고 했다. 남에게 어머니를 맡기는 것이 내키지 않았다. 아들 손녀까지 한집에 4대가 살고 있어 결정을 못하고 있는 내게 남편이 먼저 우리 집으로 모시자고 했다. 그 한마디에 어머니의 머물 곳이 결정되었다. 그래도 정신이 맑아서 다행이라 생각하며 할 수 있는 날까지 내가 모시기로 했다.

집에 온 어머니는 조금씩 좋아지셨다. 병원에서는 부축

해야 일어났지만 이제 혼자서도 얼음판 위를 걷듯 조심조심 움직이셨다.

그런데 두어 달 뒤 이불 위에 눕다가 옆으로 쓰러지셨다. 다시 어깨뼈가 골절되었는데 깁스를 할 수 있는 부위도 아니란다. 그냥 조심스레 움직이는 수밖에 도리가 없었다.

반복되는 골절과 감기, 볕 좋은 날 멀지 않은 병원에 엄마를 부축하고 걸어보려 했다. 십여 분 거리지만 절반도 못 가서 주저앉으셨다. 주변에 도움될 만한 것을 찾아보았지만 보이지 않았다.

어머니를 등에 업었다. 네 살짜리 손녀는 내 옷자락을 잡고 말없이 따라왔다. 어린 손녀의 눈에 비친 증조할머니 모습에 아이는 투정을 할 수 없는 상황이라는 걸 알고 있는 듯했다. 계단을 오르는데 어머니가 내 귀에 대고 말씀하셨다.

"무겁제? 이리 짐만 되니 너한테 미안타!"

"무슨 말씀이에요, 짐이라니!"

세 번째 스무 살

●

118

　그 말보다 어머니의 가붓한 무게에 더 가슴이 아렸다. 집에 도착해 기진맥진해서 소파에 누우니 어머니가 지내시던 고향집 생각이 났다.

　하루해가 기우는 저녁나절, 손톱 밑이 새카맣게 물든 어머니가 깻잎을 차곡차곡 재고 계셨다. 저녁상을 물리시더니 집에 갈 때 가져가라며 손에서 반지를 빼셨다.

　"이거 네가 칠순 때 해 준 거제, 받아라!"

　"반지는 왜 빼요, 엄마!"

어머니의 반지

화가 났다. 뭔지 알 수 없는 허탈감에 깊은 나락으로 떨어지는 듯한 그 기분. 어머니의 말씀을 인정하고 싶지 않았다. 나름 어머니는 삶을 마무리하시는 듯한 모습이었다. 어쩌면 받아들여야 할 현실이 아닐까 싶지만 인정하기 싫었다.

결국 얼마 지나지 않아 거동이 불편한 노인이 되어 버렸다. 욕조에 더운물을 받아 어머니 몸을 천천히 적셨다. 반백의 머리, 움푹 파인 눈, 핼쑥한 볼, 목과 어깨 사이 쇄골에 물이 고였다. 사시랑이가 된 몸을 내 어깨에 의지하고 연신 손을 움직이셨다. 조심조심 어머니 몸을 닦았다. 손길에 따라 얇은 피부가 명주처럼 주름이 졌다. 앞가슴은 바람 빠진 풍선이 되어 내 시선을 흐리게 했다.

"엄마, 고향에 안 가고 싶어요?"

말이 없으셨다. 왜 그립지 않으시겠나! 욕조에 더운 김이 서려 희미한 어머니 얼굴에서 내 얼굴이 겹쳐 보였다.

따뜻한 봄이 되었다. 어머니는 힘겹게 겨울을 넘기고 기력을 되찾으셨다. 외출에서 돌아오니 베란다에 빨래가 널려 있었다. 세탁기를 돌려놓고 그냥 나갔는데 꺼내 널으셨다. 키 작은 엄마는 세탁기 밑바닥에 손이 닿지 않아 효자손으로 하나하나 걸어 올려 꺼냈다고, 딸을 도왔다는 기쁨에 봄 햇살처럼 환하게 웃으셨다.

어머니와 함께한 시간은 그리 멀리 가지 못했다. 고향으로 가신 뒤 바람 앞에 촛불처럼 시나브로 사그라지듯 그렇게 가시었다. 가시는 날도 형제들을 모두 만날 수 있게 약속이라도 한 듯 연휴를 택하셨다. 울퉁불퉁 고르지 못하던 형제들 사이도 제 모습을 찾게 하셨다.

화장대 서랍에서 어머니의 반지를 꺼내 손가락에 껴 본다. 어머니가 그리운 날이다.

**어머니의 반지**

# 짧은 순간 긴 얘기

싱그러운 오월의 산야를 누비며 버스는 전남 여수로 향하고 있었다. 처음 가는 곳이라 설렘이 컸다.

함께 운동하는 사람들의 부부 모임이다. 십여 년을 넘게 함께한 사람들, 나이 차이도 다양해 부모나 형제처럼 느껴지기도 한다.

여수에 도착했다. 산이 깊고 아늑했다. 맑고 투명하게 반짝거리는 나뭇잎들에서 얼마나 청정한 곳인지를 가늠할 수 있었다. 인심 또한 후했다. 길옆 밭 가장자리에 있는 나물을 뜯으려니 아낙네가 베어 가라고 낫을 건넸다.

풋풋한 인심이다.

인솔자를 따라 향일암에 오른다. 바닷가에 깎아지른 듯 장엄하게 서 있는 절. 건축에 필요한 자재들을 어떻게 운반했을까? 신비로웠다. 오르는 길은 사람 하나 겨우 오갈 수 있는 바위틈, 허리를 구부리고 머리도 마음놓고 들 수가 없다.

끊어진 듯 다시 이어지며 법당에 들었다. 백팔배를 하다 보면 숫자가 엇갈리는데 한 번에 직진했다. 정신이 맑아지고 평온함에 이르니 뜻한 바가 모두 이루어질 것 같았다.

멀리 수평선 끝에서 어둠이 내려앉기 시작했다. 일행은 숙소로 향했다. 미리 준비해 간 저녁 식사와 함께 현지 횟감으로 분위기가 무르익어 갔다. 술잔을 기울이는 사람, 노래하는 사람….

자유시간에 몇몇이 자리에서 일어났다. 바다낚시를 하기 위해서였다. 먼저 나간 친구한테서 전화가 왔다. 낚시터에 있다고, 그쪽으로 오라는 것이었다. 또 다른 친구와 그곳으로 향했다.

　마을을 벗어나니 불빛 하나 없는 어둠이었다. 삽상한 바람이 몰고온 파도 소리만 들릴 뿐, 온통 암흑 속이었다. 썰물이 지나가고 조약돌 구르는 소리며 철썩이는 파도 소리, 그 거리는 얼마쯤 될까.

　핸드폰을 열었다. 더듬거리며 그 빛으로 돌부리에 발을 옮기고 비탈이 지면 엎드려서 십여 분쯤 가니 불빛이 보였다. 휘돌아서 방파제가 있는 곳, 일곱 명이 모였다. 작은 고기 한 마리라도 걸려 나오면 소리를 질렀다. 낚싯밥만 떼어먹고 달아나는 녀석들, 그래도 인심 좋게 군소리 없이 연신 먹이를 달아 바닷속으로 던졌다. 낚싯대는 휘파람 소리를 내며 날아가 텀벙 주저앉았다.

　얼마나 시간이 흘렀을까, 자정이 훨씬 지난 듯했다. 낚시하는 두 사람만 남고 자리에서 일어섰다. 왔던 길을 가려면 내 키만 한 높이의 콘크리트 벽을 올라야 했다. 다른 사람의 도움 없이는 오를 수가 없고, 뒤로는 끝을 알 수 없는 바다, 파도 소리만 들렸다. 발을 딛고 있는 공간

**세 번째 스무 살**

●

도 좁았다. 몸집 좋은 두 사람이 먼저 올라갔다. 밑에서는 발을 받쳐 주고 올라가서 밑에 있는 사람의 손을 잡아당겨 한 사람씩 오르기로 했다.

내 차례였다. 먼저 올라간 사람의 손을 잡았다. 밑에서 발을 받쳐 주리라 생각하고 위에 있는 사람의 손을 힘껏 잡아당겼다. 순간 위에 있는 사람이 힘없이 곤두박질을 할 태세다. "앗!" 잡았던 손을 놓치고 말았다. 허공을 날던 한 마리 새가 포수의 총에 맞아 중심을 잃고 힘없이 떨어지는 상황이었다.

온몸이 공포에 휩싸였다. 절박한 그 짧은 순간, 어둠 속을 휘졌던 손에 잡힌 건 떨어지는 사람의 허리춤. 높이도 깊이도 알 수 없는 암흑의 바닷속으로 떨어지면 끝장이라는 절박한 몸짓이었다. 온 힘을 다해 서로 매달려 떨어지면서 바위에 머리를 사정없이 부딪쳤다. 아픔을 느끼기보다 서로를 확인했다. 다 있는지를, 바다로 떨어진 건 아닌지를.

자신의 안위를 돌아볼 겨를도 없이 머리가 땅에 닿는

짧은 순간 긴 얘기
●

소리에 놀라 당황하여 서로를 더듬었다. 그러나 다친 사람도 떨어진 사람도 다섯 명 모두 무사했다. 내 머리에 커다란 혹이 생겨난 거 말고는 무사했다.

기적 같은 일이었다. 서로 놓치지 않으려고 부여잡았던 그 힘, 보이지 않는 어떤 끈이 우리를 하나로 뭉치게 했던 것이었을까. 얼마나 다행한 일인가. 만일 그 칠흑 같은 어둠 속에서 누구라도 바다로 떨어졌다면 구조를 요청한다 해도 날이 밝아야 손을 쓸 수 있었을 테니 말이다.

위아래서 잡아 주는 사람과 올라가는 사람, 그 시간이 사고와 직결되는 위험한 순간이었건만 위험을 예감하지 못한 그날의 무모한 행동을 우리는 깊이 반성했다. 숙소로 돌아와 다른 사람들이 알세라 함구하고 아무 일도 없었던 것처럼 태연하려 애쓰면서도 그곳이 궁금했다. 어떤 곳일까? 위험천만했던 그 자리는 어떻게 생겼을까?

우리 다시 오자며, 그때는 옛이야기하며 그날의 일이 긴긴 얘기로 이어질 것이라고 했다.

세 번째 스무 살
●

# 꽃비 오던 날

미국에서 딸아이 가족이 여름 방학을 맞아 잠시 귀국했다. 삼 남매 가족이 모두 모이니 그 수가 만만치 않았다.

모처럼 함께한 시간. 강원도 홍천 오션월드로 나들이를 나섰다. 상상을 뛰어넘는 장엄한 건물들이 하나의 도시를 이루고 있었다.

큰 놀이공원 수영장은 나이에 따라 층층이 물 깊이가 다른 것은 물론 온도까지 맞춰 놓았다. 노인을 위한 휴식 공간이며 찜질방, 누구라도 한 번 쉬어가고 싶은 원두막까지, 다양한 놀이시설이 있어 잠시 각자 흩어져서 놀았다.

나는 며느리와 잔디 미끄럼타기를 했다. 어릴 적 겨울 언덕에 올라 비료 포대에 앉기만 하면 쭉~ 미끄러져 내려가던 눈썰매. 잔디에 자동으로 물을 뿌리니 비료 포대 대신 플라스틱판 위에 앉기만 하면 잘도 미끄러져 내려간다.

그런데 보기와는 달리 생각대로 잘 내려가지지 않았다. 마음 따로 행동 따로 플라스틱판과 분리되어 널브러지듯 뒹굴며 내려간다. 며느리는 시원한 물보라를 맞으며 잘도 내려갔다. 겸연쩍어하는 나와 눈이 마주치자 우린 한바탕 웃었다.

다시 식구들이 한곳에 모였다. 래프팅을 하는 곳, 자연 그대로를 재연해 놓은 계곡물에 튜브를 타고 물살을 가른다. 사위가 거센 폭포 아래로 유인해 놓고 튜브 안에서 물 폭탄을 맞으며 뒤뚱거리는 모습을 보며 즐거워했다. 키 큰 사람치고 싱겁지 않은 이 없다더니 저 장난기를 누가 막으랴! 우리 집 으뜸 분위기 맨이다.

**세 번째 스무 살**

●

비가 옷이 젖을 듯 말 듯 꽃비처럼 얌전히 내린다. 이제 실내에서 놀 수 있는 볼링장으로 향한다. 두어 번 가 본 적은 있어도 볼을 한 번도 던져 본 적은 없다. 네 팀 중 지는 팀이 저녁을 사기로 했다.

"에구, 꼴등은 정해졌네!"

"어머니, 아시지요?"

사위의 자신 있다는 몸짓이다. 연습을 해 본다. 볼을 아무리 힘차게 던져도 끝까지 가기는커녕 샛길로 빗나간다. 직진해서 세워 놓은 핀을 쓰러트린다는 건 어림없을 테니 마음을 비웠다.

정식 게임이 시작되었다. 순서를 정하고 열 번씩 던져 핀을 제일 많이 쓰러트리는 팀이 승리다.

사위 둘과 아들의 볼은 끝까지 달려가 핀을 넘어뜨리지만 딸과 며느리는 샛길로 빠지고 만다. 어쩌다 제대로 가도 몇 개만 넘어갈 뿐 킹 핀을 맞추지는 못했다. 나 역시 보나마나였다. '에라, 저녁 사지 뭐' 하며 질 때 지더라도 원 없이 힘껏 던져 보기로 했다.

꽃비 오던 날

볼을 든 채 가운데 킹 핀을 뚫어지게 보며 온 힘을 다해 던졌다. 공이 회전하며 옆길로 빠질 듯 아슬아슬하게 그대로 중앙으로 돌진해 킹 핀을 맞췄다.

"따다닥! 스트~라잌!"

이게 웬일이야! 손을 들어 환호하며 아이들이 깡충깡충 뛰었다. 나도 놀랐다. 게임 후반에 스트라이크가 세 번이나 나오자 예상은 완전히 뒤집혔다. 뜻밖의 결과에 한결 고조된 분위기, 꼴등이 사기로 한 저녁 내기, 이긴 기념으로 저녁은 기분 좋게 우리가 샀다.

몰입과 열정이 그날의 결과를 낳았다. 내 생에 처음 던져 본 볼링공! 보슬보슬 꽃비가 내린 덕분에 잊히지 않는 시간이 되었다. 아이들과 고운 추억을 수놓았고, 스릴 있고 경쾌한 그 소리가 아직도 귓가에 맴돈다.

세 번째 스무 살

●

# 문밖의 아이들

### – 중랑 행복 농장

퇴근하는 남편에게 말했다.

"어디 좀 가요."

"알았어."

묻지도 따지지도 않는 뜻밖의 대답에 의아했다. 웬일이지? 언제나 물음에 토를 달던 사람이 꼬리 없는 대답을 한다.

남편은 퇴근하면서 먼저 들르는 곳이 있다. 방앗간이다. 참새가 그곳을 그냥 지나치지 못하는 것처럼. 동네 사람과의 어울림이다. 그곳이 하루의 마무리인 셈이다.

그래서 전화를 한다. 집보다 그곳을 먼저 들르는 게 마음에 들지 않기 때문이다.

차 키를 들고 주차장으로 간다. 운전하기를 무척 싫어하는 그이는 오랫동안 서 있던 차를 움직일 채비를 한다. 묵은 먼지를 털어내고 안과 밖을 살피고, 가는 길을 다시 한 번 확인하고 운전석에 앉는다.

사실은 올 초 구청에서 운영하는 주말농장 텃밭을 신청했다. 희망자가 많아서 안 될 걸 하면서도 기대는 좀 했다. 다행히 행운처럼 당첨 기회를 얻었다. 집에도 사십여 개의 화분이 있어, 농장에 있는 채소는 '문밖의 아이들'이라 부른다.

일 년 동안 적은 사용료를 내고 밭에 씨앗이나 채소를 심어 가꾸는 거다. 작은 공간이지만 모종, 거름, 농기구까지 모두 제공해 준다. 또 씨앗을 뿌려 놓은 자리에 새들이 파헤쳐 망가트리는 것도 관리하는 사람이 보살펴 준다.

그렇게 해서 여름내 시장에서 채소를 사지 않고 이웃

들에도 나눠 주는 기쁨 또한 크다. 줘서 기쁘고 잘 먹겠
다며 인사하는 얼굴에 햇살이 가득하다. 직접 기른 것이
니 더 맛있겠다고, 사는 것과는 비교가 안 되는 그 맛을
먹어 봐서 안다고 한다. 바빠 살면서 이런 것까지 하느냐
고 기분 좋은 말을 남기고 간다.

　처음에는 운동 삼아 다니려던 참이었다. 용마산 둘레길
에 '가족공원'이라는 팻말이 안내하는 자락길이다. 걷기에
적당한 거리, 사오십 분 남짓한 그 길에는 봄꽃들이 즐비
하다. 농장 가까이에는 유난히 벚나무가 울창하다. 멍석
이 깔린 길을 걷노라면 연분홍 꽃잎들이 다소곳이 내려

앉아 있어 밟고 지나기가 애처롭다. 그야말로 꽃길이다. 조팝, 이팝, 연산홍, 금계국 등 봄꽃들의 향연이 쭉 숲으로 이어져 사색하기에 제격이다.

오늘처럼 차를 타고 함께 가는 날은 완전 덤으로 얻는 시간이다. 전혀 관심이 없는 듯할 때와는 달리 호의적이다. 손바닥만 한 밭을 내 몫으로 받아 채소를 심어놓고 마음 쓰는 내 모습에 동정심이라도 생긴 듯하다. 자라는 채소를 보고 관심을 가지며 함께 걸어가는 날은 우리의 이야기도 풍성해진다. 참 좋다.

물을 길어다 포기마다 정성들여 준다. 키가 점점 크니 받침대도 해 주고, 쑥쑥 자라 푸른 잎들 사이로 빨갛게 매달린 방울토마토, 사랑스럽다. 제 무게를 못 이겨 땅에 닿는다. 일으켜 주며 더 긴 받침대를 해 준다. 햇빛에 동그란 눈을 반짝인다. 청량고추도 꽃을 피운다. 곧 삐죽이 고추를 내밀 태세다.

다음 날 쌈거리와 가지를 수확하고 나니 고추도 뒤쫓아 바로 익었다. 땀이 등줄기를 타고 흐른다. 잠깐 한낮의 열기쯤이야 대수롭지 않다.

산을 일궈서 만든 밭이라 물을 주면 그대로 스며든다. 습기가 어느 정도는 머물러야 하는데 배수가 너무 잘 된다. 가까운 거리도 아니고 자주 올 수도 없으니 어떻게 하면 수분을 더 머물게 할까. 방법을 생각해 냈다.

1.8리터 크기 물병을 여러 개 모았다. 뚜껑에 송곳으로 구멍을 내고 병 밑을 잘라낸다. 뚜껑을 닫고 거꾸로 세운 다음 거기에다 물을 채운다. 뚜껑에 팥 크기만 한 작은 구멍으로 물이 서서히 스며들도록 한 거다. 두 포기마다 하나씩 병을 세웠다. 혼자 하려던 일이 나눠지니 한결 수월하다. 농장 덕분에 산길을 걷고 마음을 나누고 황혼의 여가를 즐기는 기쁨이 쏠쏠하다.

농장 관리하는 담당에게서 연락이 왔다. "가을 김장 채소 재료를 배부할 예정이니 며칠까지 농장에 필요 없는 것들은 제거해 주십시오"라는 내용이다. 가을맞이 준비다. 한 해의 생명을 다한 채소들을 정리하라는 거다. 가을배추도 잘 키워 보리라.

문밖의 아이들
●

농장을 배정받고 처음 간 날, 온 산에 아카시꽃이 만발해 있었다. 비탈진 산허리에 띠를 두르고 있던 넓은 현수막, '중랑 행복 농장'이었다. 그야말로 우리는 그 이름값을 한 셈이다. 지금 김장배추도 잘 자라고 있다. 내년에도 기회가 주어졌으면 좋겠다.

세 번째 스무 살

# 망각의 세월

창밖으로 보이는 산자락 끝으로 이름 모를 새 한 마리가 허공에서 추락하듯 어디론가 사라졌다. 갑자기 그곳을 향해 가고 싶은 충동이 일었다. 하던 일을 미루고 길을 나섰다.

동네를 벗어나 산어귀에 이르자 갓 피어난 연한 잎새들의 몸놀림이 맑은 유리알처럼 반짝거렸다. 자주 오르는 산이지만 그때마다 새롭다. 풀 한 포기, 바위 하나, 겨우내 움츠려 있던 몸을 털며 기지개를 켜고 낮게 피어난 야생화도 군락을 이뤄 반기는 듯 속살거렸다.

산새가 사라진 그곳 능선을 넘고 몇 굽이 모퉁이를 돌아 아늑한 곳에 한 할머니가 살고 있다. 그곳을 아는 사람이 아니면 찾기 어려울 만큼 후미지고 마을과 왕래가 있으려면 걸어서 한 시간은 가야 하는 곳이다.

초라한 움막집 옆으로 거대한 돌탑이 장엄하게 서 있었다. 어떻게 쌓았는지 궁금했다. 산속이라 어떤 기계도 닿을 수 없는 곳이기 때문이다. 똑바로 각이 진 것이 시멘트 한 줌 쓴 흔적이 없다. 주변에 있는 돌을 모아 손으로 쌓았다고 하기에는 믿어지지 않을 만큼 안전해 보였다.

또 탑을 둘러싼 자줏빛 꽃잎에 황금색 띠를 두른 금송화가 한들거리며 검은색 탑과 대조를 이루고, 몇 발자국 아래 작은 웅덩이에는 붉은색과 흰색 금붕어가 오가는 이들을 반기기라도 하듯 평화롭게 노닐고 있었다.

얼마 전 다시 갔을 때 여전히 할머니는 물 한잔 마시고 가라고 권했다. 한참 이런 얘기 저런 얘기를 하다가 어느 날 일어난 사건을 들려주었다.

비가 부슬부슬 오는 자정이 가까운 무렵이었다. 밖에서 '꽝' 소리와 함께 문을 박차고 괴한이 뛰어들었다. 한 손에 밧줄을 쥐고 돈을 내놓으라고 협박하더란다.

그러나 할머니는 괴한에게 옷이 젖었으니 갈아입으라고 권했고, 배가 고플 테니 식사도 청하며 안심시키려고 했으나 말을 듣지 않았다. 돈만 내놓으라는 것이었다.

설득이 안 되겠다고 생각한 할머니는 방으로 들어가 동전까지 모두 긁어 9만 원을 내어 주며, 이 돈은 이곳을 찾아오는 산사람들의 재물이니 아무도 감히 쓰지 못하는 것인데, 이것을 줄 테니 뜻있고 값있게 쓰고, 다시는 이런 짓 하지 말라며 가방에다 먹을 것을 챙겨 주었다. 그제서야 괴한은 이렇게 말했다.

"나는 살인자로 쫓기고 있으니 신고하시오."

할머니는 괴한을 크게 꾸짖어 돌려보냈지만, 언젠가는 꼭 한 번 찾아올 거라는 생각을 떨쳐 버릴 수가 없다고 한다. 할머니의 용기에 놀라 무섭지 않느냐고 물었더니, 본래 악인은 없는 것이니 진실하게 대한다면 상대도 받아들인다고, 그건 오랜 경험에서 얻은 믿음이라고 대답했다.

할머니는 무슨 사연으로 이 산속에 홀로 사는 걸까, 궁금했지만 더이상 물을 수가 없었다. 설혹 그 까닭을 안다한들 무슨 소용이 있겠는가. 그녀는 팔십이 훨씬 넘은 노인인 것을.

산속에서 세월을 잊고 가끔 지나는 사람들에게 덕담을 들려주며, 그 괴한이 새사람이 되어 찾아 준다면 더할 나위 없는 큰 기쁨이 될 터인데.

모든 것에 만족하며 사는 사람이 얼마나 될까? 정에, 후회에, 욕심에 흔들리고 휘청이면서 강인해져 가는 것을 배운다.

세 번째 스무 살

# 제4부

# 시간의 여백 속으로

# 사과나무 아래서

바람이 살랑살랑 나분댄다
들숨과 날숨의 감미로운 선율이
꼬리를 물고
하늘에 수놓는다

꽃잎 되고 깃털 되어
하늘하늘 춤추고
날아든 산새
가지에 앉아 기웃기웃

고추잠자리 떼 맴도는 한낮
붉게 익어 가는 사과의 엉덩이를
햇살이 만져 주고 간다
익어가는 게 어찌 너뿐이랴.

# 오카리나 소리

어느 초가을 한강시민공원에 코스모스가 만발했다. 형형색색 꽃무리에 취해 걷고 있는데 어디선가 아름다운 소리가 들려왔다. 맑고 청아한 소리에 이끌려 나도 모르게 발길이 그곳으로 향했다. 꽃밭 가운데 있는 원두막이었다.

서너 명의 여인이 작은 악기로 내는 소리였다. 가까이 가서 걸음을 멈추었다. 연잎에 물방울 구르듯, 좁다란 숲 속 길 산새들의 하모니 같기도 했다. 연주하는 데 방해가 될 것 같아 묻지도 못하고 돌아온 것이 내내 아쉬웠다.

꽃은 지고 나무들은 옷을 벗기 시작했다. 하늘마저 낮게 드리운 날, 아름다운 소리에 끌려 취했던 그 소리를 찾아보고 싶었다. 월말이면 우편함에 꽂혀 있는 소식지를 보았다. 문화강좌 프로그램에 내가 모르는 악기 교실이 있었다. 그 악기일 수도 있다는 생각이 들었다. 접수했다. 첫 수업 시간, 예감은 빗나가지 않았다. 악기가 작아서 어디든 가지고 다니기 좋을 것 같았다.

지금도 그때를 생각하면 부끄러워진다. 다음 해 봄, 유달산에 가서 일행보다 앞서 오르기 시작했다. 연주를 해보려는 생각에서였다.

중턱쯤 오르니 '목포의 눈물'의 주인공 이난영 노래비가 세워져 있었다. 유성기에서 음악이 흘러나왔다. 연주하긴 틀렸구나. 일행과 속도를 맞추려고 앞서 왔는데 여의치 않았다.

다시 정상을 향해 오르다 자리를 잡았다. 한쪽엔 목포 시내가 보이고 다른 쪽엔 남해가 펼쳐져 있다. 바위에 앉아서 연주를 했다. 조용한 곳에서 들숨과 날숨의 조화는

세 번째 스무 살

가볍게 날아 창공에 메아리 되어 흘렀다. 좋다!

두어 곡쯤 했을 때, 누군가의 시선이 느껴졌다.

"저어 사진 한 장 찍어도 되겠습니까?"

"네? 저를요?"

"한참 기다렸습니다. 방해될 것 같아서요."

자칭 사진작가라는 그 사람은 연주하는 모습과 배경이 잘 어울린다며 사진을 찍게 해 달라고 부탁했다. 악기에 관심을 보이며 말이다.

'어 이 사람 작업 들어오는 거 아닌가?'

중년의 그 남자는 선한 인상에 이목구비가 선명하고 키도 훤칠했다.

"아 이거요? 오카리나라는 악기예요."

"처음 보는 악기입니다."

"흙으로 빚어 소리가 아주 예민해요. 춥거나 더워도 음이 달라집니다."

"소리가 참 좋소. 그란디 구멍이 겁나게 많아 부러요잉."

아까와는 달리 완전 사투리를 썼다.

오카리나 소리

●

"열 손가락을 다 사용해야 해요."

그의 말투에 보이지 않는 끈적임이 싫어 간단히 답했다.

그 남자는 사진을 보낼 테니 연락처를 달라고 했다. 잠깐 고민하다가 연락처를 줬다. 그러면서 잠시 상상했다. 한적한 강가 커피숍, 은은한 불빛 아래 부담 없이 대화를 나눌 수 있는 사람, 그리고 중후한 멋이 느껴지는 남자. 잠시 꿈을 꿔 보았다.

입가에 웃음이 번진다. 천연덕스럽고 뻔뻔함이라니, 나이 듦의 산물일까! 배경이 얼마나 멋질까, 메일로 보내올 사진이 기대된다.

이십여 일이 지나 사진이 왔다. 그런데 싱그러운 풍경 속 여인이 거슬린다. 왠지 낯설다. 주변의 신선함을 방해하고 있다. 연녹색 속에 희끗희끗한 배롱나무 가지들이 보인다. 잎이 무성해지면 가려지겠지만, 상수리, 자귀, 팽나무가 다문다문 서 있는 나무 중에 껍질을 벗긴 듯 매초롬한 자태는 육감적이기까지 하다.

건조한 내 모습처럼 그 사람의 메모 역시 간단한 몇

줄이었다.

처음 오카리나 여인들을 만났던 아름다운 기억에 그 원두막을 찾았다. 연주를 했다. 그 여인들처럼.

귀에 익은 소리를 따라왔다며 지나던 사람들이 모였다. 함께 흥얼대며 노래를 불렀다.

원두막 구석진 곳에 중국집 전화번호가 있었다.

"여기 자장면 다섯 그릇, 두 번째 원두막이에요!"

이색적인 곳에서 낯선 사람들과의 오찬, 순수한 자연 앞에서 우린 하나가 되어 있었다.

오카리나 소리

# 셔틀콕의 향연

한 달여 간 한쪽 발목까지 깁스했다. 여간 불편한 게
아니었다. 외출 준비를 하던 중 로션을 바르려고 병을 들
었다가 손에서 미끄러지면서 떨어트리고 말았다. 순간 유
리 파편이 사방으로 튈 것 같아 발을 내밀었다. 그러나
무게가 만만찮아 급히 발을 피했지만 그대로 사정없이
내리쳤다. 서 있던 상태라 무게의 가중은 더 컸다. 병은
멀쩡하게 바닥에 뒹굴며 비아냥거리듯 뒤뚱댔다.

가끔 바보짓을 한다. 싱크대 높은 곳의 물건을 내리다
가 아래로 떨어지면 몸에 부딪히게 한다. 당연히 피하는

게 정상인데 바보짓이 아닐 수 없다.

한쪽 발로 움직여야 하는데 외출해야 할 일은 더 자주 생겼다. 친구 딸 결혼식이며 모임, 예정된 여행까지 포기해야만 할 때는 부아가 차올랐다.

캄캄한 동굴 속에 홀로 내쳐져 날카롭게 발톱을 세운 고양이는 몸을 낮추고 여차하면 튀어올라 공격할 태세를 하고 있었다.

신체 가장 낮은 곳의 작은 부상 때문에 온몸에 깁스를 한 꼴이다. 소파에 길게 누웠다. 커다란 원형 전등에 열기 띤 함성과 함께 어떤 그림이 떠올랐다.

배드민턴 '서울시대회'가 열리는 날이다. 리그전으로 어렵게 결승까지 올라온 힘겨운 게임이다. 앞서거니 뒤서거니 역전에 역전을 거듭하며 온몸의 에너지가 바닥이 날 지경이다. 두꺼운 양말은 구멍이 나고 파트너는 다리에 마비가 와서 경기가 잠시 중단되기도 했다. 동료들이 주무르고 두드리고 다시 게임은 시작되었다. 참가한 인원이

오백여 명이 넘는 그날 행사의 마지막 결승전이었다. 사각 라인을 빈틈없이 에워싼 동호인들의 뜨거운 함성은 넓은 잠실체육관을 가득 메웠다. 그 응원은 결국 승리를 부른 원동력이 되었다. 그날의 생동감 넘치는 장면을 생각하면 가슴 벅차고 학창 시절로 돌아가 있는 듯하다.

　어렸을 적에도 또래 여자들과 재잘거리며 노는 것보다 활동적인 것을 더 좋아했다. 한때는 여군이 되는 꿈을 꾸기도 했다. 단정하고 절도 있는 모습이 좋아서였다. 키가 작아 그 꿈을 접어야 했지만 여군이 되지 못한 아쉬움을 운동으로 가볍게 떨쳐 버릴 수 있었다.

지금 생각해 보면 내 안에는 선머슴 같은 기질이 얼마만큼 도사리고 있지 않나 싶다. 그런 때문이었을까, 오래전부터 새벽 운동을 즐겨 왔다. 가뿐한 차림으로 체육관을 향할 때면 어릴 적 놀러 나가는 계집아이처럼 신이 났다. 라켓을 잡고 코트에 들어서면 마음이 먼저 하늘로 날아올랐다.

　높이 뜬 공을 스매싱한다. 경쾌한 그 소리는 희열을 느끼게 한다. 타점이 높을수록 공의 속도는 빠르고 날쌔다. 때로는 섬세하게 때로는 과격하게, 힘 있게 내뻗는 손과 발은 물론 전신의 세포들이 요동친다. 어쩌다 셔틀콕은 네트에 맞고 그 위에서 춤을 추듯 뒹군다. 숨 막히는 순간, 게임을 하던 네 사람은 숨죽이고 셔틀콕을 주시한다. 어느 쪽으로 떨어질까. 바닥에 떨어지기 직전에 걷어 올린 셔틀콕! 절묘함의 극치다.

　랠리가 길수록 흥미는 절정으로 치닫는다. 상대방의 철통같은 수비를 뚫고 빈 공간에 떨어지면 크게 외친다.

　"나~이 스 볼!"

**셔틀콕의 향연**

●

주먹을 불끈 쥐고 복부에 힘을 주어 숨을 멈췄다가 토해 낸다. 통쾌하다! 경쾌하다! 내 안의 불순물이 녹아내리듯 땀방울은 등을 타고 흐른다. 희열을 느낀다.

스포츠도 극치에 이르면 예술이다. 몸으로 표현하는 예술, 카타르시스를 느끼게 한다. 운동하는 시간만큼은 무아의 경지다. 누구를 위한 것도 아니요 오롯이 나만의 시간이다. 억눌려 있던 감정의 보풀도 누그러지고 자유로운 영혼에 날개가 달린다.

이제 깁스도 풀었다. 운동을 줄여야 할 때인 것 같다. 함께한 오랜 세월 그 덕분에 크게 아프지 않고 잘 살아왔다. 내겐 운동이 에너지이고 즐거움이었다. 감사하는 마음으로 살아가리라.

**세 번째 스무 살**

●

# 음악 캠프는 핑계였다

어느 해인가 제주로 출발하기 전에 찍은 사진 한 장에 이끌려 추억에 젖는다. 그곳에서 열리는 음악 캠프에 참가하러 가는 길이었다.

십여 명의 여인들은 한여름 밀짚모자를 눌러쓰고 키 순서대로 벽을 향해 섰다. 오른손을 치켜들고 도레미파 솔라시도, 음표를 나열해 놓은 듯하다. 어깨만큼이나 넓고 둥근 모자챙은 여인들의 마음인 양 걸음을 뗄 때마다 살랑이고 나름대로 멋을 낸 각자의 개성이 돋보인다.

오카리나연합회 연례 행사는 그때마다 장소가 바뀐다.

매회 참석은 어려워도 이번엔 제주여서 기대가 크다. 각 지방의 여러 팀이 모여 친목을 다지며 서로의 실력을 자랑한다.

　우리 팀은 공식 행사보다 사흘 앞서 출발해 별도의 시간을 갖기로 했다. 오후 늦게 도착해 두 팀으로 나눠 장을 보고 숙소에 들었다. 조용하고 아늑한 해안가 마을이다.

　다음 날 일어나 보니 검은 돌담과 넓게 펼쳐진 잔디, 집들 사이로 해안가의 푸르름이 물결친다. 팔월의 뜨거운 태양 아래 연주에 필요한 짐들을 들고 메고 공원으로 나선다. 악기 서너 개, 악보, 보면대, 스피커… 무거운 짐이 아니어도 한낮의 열기로 땀이 흐른다. 걷다가 그늘진 적당한 장소에 닿으면 짐을 풀고 악기를 꺼낸다.

　나무와 바위 이끼로 옷을 입은 초록 융단, 돌이 많아 나무들은 살아내기 위해 돌과 뿌리가 한데 엉켜 바위처럼 단단하다.

　제일 작으면서 음이 높은 SC 키다. 풀빛 여운 짙은

곳에서의 화음, 들숨과 날숨, 높고 낮음의 조화, 잔잔한 호수였다가 화려한 꽃밭이 되기도 한다. '새소리'란 곡이다. 저마다 열 손가락 끝이 분주하게 넘나들며 선율이 흐른다. 악기 하나의 음인 듯 그 청아한 소리는 하늘을 맴돌고 길손들은 가볍게 손을 흔들며 지나간다. 날아가던 새들도 기웃거리며 친구를 만난 듯 머물다 간다.

이제 공식 행사 일정이 기다린다. 여러 팀이 모인 행사장, 지도자들의 연주는 손이 보이지 않을 만큼 빠르다. 게다가 이 악기는 흙으로 빚어서 무게가 있다. 한 손으로 연주하는 모습이 놀라웠다. 세 가지 음의 옥타브를 사용하는 트리플 악기다. 즉 스물아홉 개 구멍이 있는 음을 한 손만 소리를 내는 건 제일 높은 삼 옥타브 소리다. 가장 높은 고음에서 왼손의 운지를 잠깐 뗄 수가 있다. 고도의 기술이 필요하기에 퍽 인상적이었다.

공식 행사는 하룻밤으로 끝나고 우리 팀은 월정리 해변으로 갔다. 바닷바람이 거세게 몰아치는데도 돌로 보면대를 누르고 악보가 날아가지 않게 집게로 고정해 놓고 연주를 즐겼다. 짙푸른 바다 풍차는 쉼 없이 날개를 돌리고 붉은 노을이 짙어 어스름 해변에서 악보가 보이지 않을 때까지. 그러고도 아쉬움을 달래며 숙소로 향했다. 결국 음악 캠프는 핑계였고 우리 팀끼리 더 알찬 시간을 보냈다.

숙소에 돌아와서도 아쉬워 그 밤의 끝을 길게 늘여 잔을 기울이며 그렇게 화려하고도 선 굵은 추억을 만들었다.

# 삼 분 삼십 초

먼 기억 저편에 열다섯 어린 소녀가 노래자랑에 나간 적이 있다. 가을걷이가 끝난 넓은 들판에 마련된 임시 무대. 고향 마을의 축제였다. 아마도 담임 선생님이 부추겨 나가게 한 것 같다.

단발머리에 동글동글한 얼굴. 또래 친구들보다 키가 작아 알밤이니 양파니 놀림을 받곤 했다.

"진달래 피고 새가 울면은 두고두고 그리운 사람~"

꽃길. 뭘 안다고 사랑 노래를 불렀을까. 그저 웃음이 난다.

삼 분 삼십 초
•

이제 어린 소녀가 어른이 되어 무대에 선다. 예심이 있던 날 한 시간이 넘게 순서를 기다려도 이름을 부르지 않아 본부석에 가 보니 명단에서 빠져 있었다. 그런데 시간이 많이 지연되었으니 그냥 돌아가라는 표정이다. 별 가능성이 없어 보인다는 식이다. 은근히 화가 났다.

연습하고 기다리며 낭비한 시간은 어쩌고, 아니 그보다 무시당한 이 기분을 어디서 되찾는가 말이다. 두말없이 그냥 하겠다고 의사를 표했다. 예순 명이 넘는 마지막 예심. 그만두라던 선생과는 달리 시간이 지연된 상황에서도 내 노래를 듣고 다른 담당은 한 곡 더해 보라며 지정곡을 정해 줬다. 포기하라던 그분 앞에서 보란 듯 태연하게 노래를 불렀다.

그렇게 해서 본선에 든 22명 중 하나가 되었다. 들판이 아닌 도심에서 화려한 조명에 객석은 통로까지 가득 차고 카메라 불빛이 연신 터졌다.

풋풋한 젊음은 아련한 세월 속에 묻히고 수분 없는 과일처럼 윤기도 탄력도 없다. 양파 같다던 얼굴은 각이

지고 흰머리가 성깃성깃하다. 늦가을 메마른 옥수수 잎 날리듯 우수수하지만 열정은 살아 있다.

마포 아트홀. 해마다 열리는 지역구 노래자랑이다. 예선을 거쳐 올라온 22명이 대기실에 모였다. 상체를 훤히 드러낸 화려한 드레스가 눈길을 끄는 참가자. 진한 화장이며 번쩍이는 장신구, 머리에 꽂은 깃털이 주인보다 먼저 춤을 추듯 살랑거린다. 긴장이 되는 듯 왔다 갔다 목을 풀고 나름의 표정을 지어 보이기도 한다.

시간이 다가왔다. 다른 여인들처럼 화려한 드레스도 아니요 그저 검정 민소매 원피스를 입었다. 그마저 어깨를 드러낼 용기가 없어 잠자리 날개같이 얇은 무지개색 숄을 걸치고 흘러내리지 않게 핀으로 고정했다. 그저 평소보다 립스틱만 좀 진하게 했을 뿐이다.

허리를 곧게 펴고 걸었다. 무릎 아래로 언밸런스하게 늘어진 얇은 망사 치맛자락이 종아리를 스칠 때마다 기분이 묘했다. 굽 높은 검정 구두에서 나는 또각또각 소리가 내 심장 박동 소리처럼 느껴졌다.

삼 분 삼십 초

'아 에 이 오 우~' 입술과 안면 근육을 움직였다. 풍선을 불 듯 심호흡도 했다. 가사를 잊어버리거나 굽 높은 구두 때문에 비틀거릴 수도 있으니 최소한의 실수도 없어야 한다고 나에게 주문을 걸었다.

드디어 무대에 오를 시간. 앞사람의 마이크를 건네받은 사회자가 내 이름을 불렀다.

"열정과 끼로 가득한 한영옥 씨를 소개합니다."

만면에 웃음을 머금고 한 손에는 마이크를, 다른 한 손을 들어 박수 소리에 답하며 걸어 나갔다. 시선을 멀리 두고 중앙에 섰다. '물보라' 전주가 흘러나왔다. 박자를 의식하며 편하게 자연스럽게 소리를 냈다.

"나 그대 눈을 보면서 꿈을 알았죠."

차분하게 시작해 점점 소리를 높여 나갔다.

"마음껏 소리치며 뛰어들어요 저 넓은 세상을 향해
마음껏 소리치며 뛰어들어요 우리의 삶을 위하여~"

고음에 이르자 손을 들어 허공을 내저으니 객석에서 환호성이 터져 나왔다.

**세 번째 스무 살**

삼 분 삼십 초

161

넓은 무대! 나 하나만을 위한 함성! 깃털처럼 가벼워 허공을 날아오른 듯했다. 오색찬란한 비눗방울 속에 싸여 떠가는 듯, 언제 이런 환호 속 주인공이었던 적이 있던가. 이런 날이 또 올까, 삼사 분으로 끝나는 노래가 마냥 아쉽기만 했다.

"제 노래를 들어주셔서 감사합니다."

무대에서 내려온 삼 분 삼십 초. 오색찬란한 비눗방울의 세계처럼, 물보라처럼, 무지갯빛 그 순간은 사라졌지만 그날의 기억은 언제나 웃음을 짓게 한다. 22명 중 2등. 1등에게는 가수 자격증을 준다고 했는데, 2등 한 게 다행이다. 가수 할 생각은 없었으니까.

세 번째 스무 살

●

# 시간의 여백 속으로

싱그러운 바람이 코끝을 스치며 지나간다.

집에서 이십여 분 거리, 대지에 어둠이 내리면 주택가 한옥 민속주점에서는 대문에 호롱불을 밝히고 손님맞이 준비를 한다. 처마 끝 풍경은 가녀린 몸으로 소리를 내어 행인들의 발걸음을 멈추게 한다.

대문을 들어선 뜨락에는 금송화, 앉은뱅이, 패랭이, 갖가지 야생화가 옹기종기 모여 앉아 속살거리듯 한들거린다.

안으로 들어서면 숭숭 뚫린 대바구니 안에서 가야금 소리가 흘러나온다. 정겹다.

모든 걸 다 받아들일 수 있는 여유로 이끈다. 대청마루에는 양반님네들이 사용하던 갓이며 긴 담뱃대, 벽면 선반에는 옛 사람들이 쓰던 토기가 즐비하다.

또 한쪽 구석에는 도르르 말린 멍석이 멀뚱하게 서 있다. 그 속에는 팔베개 하고 누워 밤하늘의 총총한 별을 세던 기억들이 묻어 있으리라. 어디선가 머리를 질끈 동여맨 마당쇠도 뛰어나올 것 같다. 헐렁한 바지 한쪽을 걷어올린 채 앞고름은 풀어 헤치고 말이다.

이런 정경을 연출해 놓은 이 집 중년 여사장을 나는 좋아한다. 탁자 위에 손뜨개 휴지 덮개며, 화장실 벽면에 알알이 적혀 있는 시 구절은 나를 이곳으로 이끌었다.

화장실에 앉아서도 탁자 위에서도 어떤 글귀라도 상관 없다. 이곳의 분위기가 좋다.

"마셔!"

함께한 사람들, 새벽 운동을 하며 만난 동호인들이다. 못 이기는 척 잔을 기울인다. 선천적으로 알코올 분해 능력이 부족한 나로선 좀 벅찬 일이긴 하지만 그래도 까짓 것, 함께하니 즐겁다.

삶의 언저리에 모든 일이 원하는 대로 되지 않고 좀 뒤뚱거리면 어떠리!

조금은 느릿하게 시간의 여백을 가지고 그 속에서 찾는 여유로움은 보다 나은 날에 기쁨이 되리라 본다.

자리를 털고 일어나 문을 나서니 호롱불이 다시 올 것을 암시하듯 깜빡인다. 바람을 벗 삼던 풍경도 기척을 한다. 잘 가라고.

# 혼자면 어때

핸드폰을 뒤적이다가 '공(空)'이란 노래를 알게 되었다. 열 번 듣기로 눌러 익혀 둔다.

"살다 보면 알게 돼 일러주지 않아도…."

공감 가는 가사가 감성을 건드린다. 맛깔스러운 목소리도 좋아하지만, 그의 야성미와 자유분망함이 더 매력 있다. 가사에서 풍기는 분위기, 자유로운 표현과 표정, 보는 것만으로도 흥미를 이끈다.

어느 날 그 가수 콘서트가 있다는 소식을 들었다. 올림픽공원 야외 공연장, 친구와 그곳에 가기로 했다. 약속

장소로 나갔다. 그런데 친구한테서 전화가 왔다. 급한 일이 생겨서 못 온다는 것이었다.

돌아서야 하나 망설이다 내친 김에 공연장으로 향했다. 공연 시간은 아직 이른데 끝없이 길게 늘어선 줄이 보였다. 생각하지 못했다. 알고 보니 예약을 해야 공연장에 들어갈 수 있었던 거다. 티켓 있는 사람들의 줄이었다.

또 다른 쪽으로 사람들이 몰려갔다. 티켓이 없는 이들, 나와 같은 사람들이다. 그들을 따라갔다. 임시로 설치한 공연장 둘레에 경계선을 쳐놓고 들어가지 못하게 했다. 일행을 따르다 보니 어느 언덕으로 올랐다. 콘서트장이 보였다. 음악은 잘 들리는데 공연하는 모습은 멀리 움직임만 보였다.

한참 그렇게 보고 있는데 사람들이 슬금슬금 사라지기 시작했다. 뒤를 따랐다. 뛰기 시작했다. 같이 뛰었다. 질서 단속반과의 줄달음이다. 잡으려는 사람과 달아나는 사람, 넓은 공연장 울타리를 뚫고 들어갔다. 단속반의 손이 내 어깨를 스치는 듯하다가 바로 등 뒤의 사람 웃가지

혼자면 어때
●

가 그의 손에 잡히고 말았다. 천 미터 달리기에서 일등으로 들어온 짜릿한 기분!

공연장 안은 흥분의 도가니였다. 뛰고, 흔들고, 날리고, 말발굽 소리가 멀리서 점점 가까이 와 말이 지나가는 듯한 현장감이 생생했다. 그러다 뱃노래가 흐르니 배를 탄 가수가 관중들의 머리 위로 지나갔다. 싱긋거리는 가수의 표정이 손에 닿을 듯 말 듯. 이런 공연을 기획한 사람은 누구일까? 명품이다. 사람들의 함성이 하늘을 가른다.

배를 움직이는 건 밑 쪽에 기둥을 여러 개 세워 장정들이 기둥을 들고 걸어가니 청중들의 머리 위로 지나가며 강물에 배가 흘러가는 것 같았다.

홀로 즐긴 콘서트장의 낭만, 기분 좋은 곳, 좋은 음악, 세로토닌이 왕성하게 분비되며 덤으로 얻은 날, 보너스 같은 날, 혼자면 어떠랴! 어떤 상황이든 기회든 즐기는 자의 몫인 것을.

세 번째 스무 살

●

# 물속의 정거장

　강원도 양구의 펀치볼. 해발 오륙백 고지의 계곡이다. 그곳에서 내려다보이는 펀치볼의 아침은 안개가 서서히 걷히며 마을이 깨어나고 있다. 지붕 위 파란 하늘 사이로 길게 누운 뭉게구름도 서서히 이동한다. 투명한 그릇 속의 정물화처럼 마을이 다소곳이 앉아 있다.

　도시의 소음은 물론 인기척 하나 들리지 않는 한적한 곳이다. 우리 형제 내외 열두 명 외에는 그 누구도 없다. 산 전체가 내 것인 양 우리들의 낙원이다.

　팔월의 땡볕이 꼬리를 내린 낮과 밤 경계의 시간, 산새

소리도 잦아들고 풀벌레 소리가 정겹다. 한낮의 열기로 몸 구석구석이 끈적끈적 굼실거린다. 자리에서 일어선다.

계곡물을 따라 한 발 한 발 발목에서 종아리로 점점 깊은 곳으로 옮긴다. 누가 기다리기라도 하듯 자연스럽게 발끝에서부터 전해져 오는 냉기를 따라 깊은 웅덩이에서 멈춰 선다.

지나던 산토끼며 사슴들이 목을 적시고 갔을 아늑한 곳, 주변을 둘러본다. 땅거미가 지고 어스름한 숲속을 반딧불이가 곡선을 그리며 지나간다. 숲과 숲 사이 일렁이는 나뭇잎 아래 둘러앉은 형제들의 모습이 열사흘 달빛에 희붐하게 아른댄다.

무릎 위로 물이 닿는다. 옷을 입은 채 몸을 낮춘다. 몸을 누이니 오롯이 자연과 하나 된다. 물아일체. 몸놀림이 부드럽다. 물속 나만의 정거장이다. 이리 둥글 저리 둥글 물에 뜬 항아리다. 우로 한 번 좌로 한 번 뒤척일 때마다 물의 부드러운 감촉에 껍질을 벗고 싶다. 허물을 벗는다. 어머니의 자궁에서 분리되던 그 순간이 된다.

세 번째 스무 살

●

나이 듦의 뻔뻔함이라니, 무뎌져 가는 감각을 거부할 생각은 없다. 가는 세월은 어쩔 수 없다 해도 말이다. 그러나 지금 이 시간만은 내 세상이다.

갈고 닦아 내 안에 담아 놓은 소소한 것들에게 일일이 이른다. 어서 일어나라고, 어서 깨어나라고.

제대로 된 글 한 편 쓰자고 애면글면하던 시간들, 의욕 넘치던 그때가 아득히 멀게만 느껴진다. 어쩌다 좋은 글을 한편 만나면 반갑고 기뻐하며 탐스러워했다. 언어의 농도가 같은 사람끼리의 시간 안에 있을 때면 더욱 글다운 글로 순~풍 새끼를 쏟아내고 싶었다.

누구든 열심히 살지 않는다고 생각하는 사람이 있을까. 때로는 몸에 맞지 않는 옷을 입고 애써 맞춰 가며 살았던 건 아닐까. 군더더기 같은 것들은 모두 벗어던지고 오롯이 나만의 모습으로 살기를 소망해 왔다. 아직 내 안에서 여물지 못하고 서성이는 쭉정이들을 불러내야 한다. 더 긴 어둠이 나를 삼키기 전에.

아래 계곡에서 소리친다. 족히 삼십 분은 지났으니까.

**물속의 정거장**

# 산책길

오랜 가뭄 끝 힘없는 잎들
밤사이 내린 비
산책길이 싱그럽다
매일 오르는 오솔길
새로운 날 새로운 얼굴

간밤에 내린 이슬방울
손 내밀면 또르르 잎을 타고
아카시꽃 향기 휘날리던 날
산뽕나무 열매 익어 가던 날
다소곳이 내맡기는 고운 품성

청설모 자유로이 노닐고

키 작은 쥐똥나무 손사래치네

산딸기 무르익는 아침

마알간 알갱이에 하루가 열린다.

# 제5부

# 쉼표 같은 날

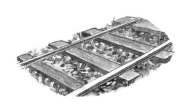

# 하루를 열며

간밤이 꿈이런가
잠자듯 깨어 있듯
비몽사몽 흘려 버린 시간

다잡고 되짚어 보니
나의 소중한 파편들이
까만 눈을 깜빡인다

날 위해 고운 맘 열어 준 그대여
보이지 않는 어떤 것도 내어 줄
고운 결에 내 작은 맘 얹어 가니
언제나 꽃향기 나는 그곳일 거야.

세 번째 스무 살

# 인연

　햇살 따사로운 토요일 오후, 청담동 어느 커피숍에서 삼십 대 남녀가 만났다. 남자는 미국 유학 준비를 마친 상태이고 여자는 영어학원 원장이었다. 여자는 소개해 준 사람의 입장을 생각해 마지못해 나온 자리였다.

　그렇게 만난 두 사람은 의례적인 대화로 별 의미 없는 시간을 보내고 있었다. 잠시 정적을 헤집고 그녀가 말했다.

　"저기요! 저보다 더 잘 어울릴 것 같은 사람을 소개할 게요."

　남자는 '이게 뭔 소리야!' 싶어 어리둥절해하는데, 그녀는 메모지에 몇 자 적어 건네고 유유히 사라져 갔다.

체면 따위 내던지듯 메모지를 내미는 순간, 그 남자의 명함은 발밑에 떨어져 뒹굴었다. 흙탕물이라도 뒤집어쓴 듯 불쾌한 기분으로 메모지를 바지 뒷주머니에 구겨넣고 커피숍을 나왔다.

그 일이 있고 일주일이 지났다. 남자는 정리되지 않은 널브러진 책상 위를 보는 듯한 기분이 가시질 않았다. 은 근히 화도 났다. 그러면서도 뒷주머니에 구겨진 메모지의 주인공이 궁금했다. 도대체 어떤 사람이길래? 아니면 그 렇게 해서라도 자리를 피하고 싶었을까?

자신은 키도 큰 편이고 짧은 머리에 눈은 좀 작지만 얼 굴은 희고 이목구비 제 위치에 있어 누구한테 인상이 험 하다는 말은 안 들었는데, 그는 그날의 기억이 풀리지 않 는 수수께끼처럼 지워지지 않았다.

메모지의 주인공에게 전화를 해 보기로 했다. 어떤 반 응일지, 더 상처받는 건 아닐지, 설렘도 없지는 않았다. 몇 번 신호가 울리자 상대방의 친숙한 목소리가 들렸다.

세 번째 스무 살

●

자분자분하면서도 조심스러운 그 목소리는 처음이 아닌 듯, 친근하게 느껴져서 자석에 끌리듯 망설임 없이 만나자는 약속을 했다.

두 사람이 만나기로 한 날. 도로를 사이에 두고 길 건너편에서 면티에 청바지를 입고 있는 사람과 얼굴이 마주쳤다. 그 남자였다.

카페에 마주 앉은 두 사람은 두 물줄기가 새로운 물길을 만나 하나의 수려한 강이 되기 위한 물꼬를 트는 순간이었다.

인연
●

서로의 가족, 좋아하는 음식, 취미, 이런저런 화제로 대화를 이어 갈 무렵, 그녀 역시 미국 유학 준비를 하고 있다고 했다.

메모지를 건넸던 그 원장의 태도에 대한 의문이 풀렸다. 그녀가 근무하던 학원의 주인이었다.

대화가 무르익어 가며 남자가 그녀에게 물었다.

"피아노 칠 줄 아세요?"

"아니요."

그녀는 피아노를 못 친다고 했다. 카페에는 그 시간이면 생음악을 연주해 주는 곳이었다. 남자도 못 친다면서 슬며시 걸어 나갔다. 피아노 앞에서 가볍게 목례를 하고 검지로 건반을 누르기 시작했다. 이내 자세를 바르게 고쳐 앉으며 연주를 시작했다. 물결을 타듯 상체를 좌우로 움직이며 건반 위를 넘나드는 유연한 손놀림에 사람들의 시선이 그에게로 집중되었다. 그녀 역시 부드러운 피아노 선율에 매료되고 말았다. 수학을 전공한다는 그가 투박하고 서걱거리는 성격일 거라는 예상을 뒤집은 것이다.

세 번째 스무 살

피아노를 치던 그가 마이크를 잡았다. 그녀를 불러 앞으로 나오게 한 남자. 오늘 처음 만났는데 얘기가 잘 통한다며 여러 사람 앞에 그녀를 소개했다. 이미 관심을 가졌던 사람들은 피아노 연주에 환호하며 박수를 쳤다.

그날 이후 두 사람은 하루도 거르지 않고 만났다. 서로를 알기 위한 탐색이었다. 상대의 주변 사람들, 자주 가는 단골식당, 도서관 등 단기간 내에 서로의 물길은 자연스럽게 흐를 초입에 이르렀다.

2주 후 양가의 허락을 받았다. 결국 두 사람의 유학 티켓은 결혼과 동시에 드넓은 바다로 나갔다. 망망한 바다의 거센 파도와 모진 풍파는 오직 그들만의 몫이었다. 노를 저어가고 때로는 떠밀리기도 하며 태평양의 험한 여정을 꿈 하나로 건넜다.

그렇게 해서 그 남자는 내 사위가 되었다. 드넓은 허허벌판에서 모진 풍파와 맞서며 경쟁을 뚫고 아이 넷을 키워 가며 박사로 교사로 꿈을 실현했다.

하지만 아이 넷이 어찌 수월할 수 있었으랴! 큰아이와

넷째 아이를 낳을 때 딸아이 집을 다녀왔다. 얼마나 북적대며 살고 있을까 걱정했던 것보다 안정되고 질서 있는 모습에 마음 가벼이 돌아올 수 있었다. 이제는 모든 게 안정되었고 앞날에 꽃길만 펼쳐지길 비는 어미 마음이지만, 그래도 안타까움은 늘 가슴 안에 있다.

세 번째 스무 살

●

# 초록별이 뜨던 날

네게 하늘이 열리던 날
하늘에 떠가는 구름도
땅 위에 어린 초목들도
너를 위해 손 들어 반기고

너를 기다리던 중
황금 나라 환한 웃음으로
다가온 너

그 무엇과도 바꿀 수 없어
사랑의 종소리를 보냈지
푸른 초원을 달리는 청마처럼
정의의 길을 여는
그런 별이 되기를
너의 영롱한 초록 숨결이
온누리를 맑힌다.


며느리는 결혼식 때 신랑과 키를 맞춰야 한다고 버선
발로 우리 품에 왔다. 뜻밖이었다. 첫 아이를 낳고 한참
후 준이를 낳았는데, 한집에 4대가 살면서도 서로 얼굴
한 번 붉힌 적 없었지만 어른들 틈에서 불편한 점이 많
았을 거란 생각이 지금에야 든다.

시집온 첫해, 시어머니 생일이라고 출근 전 새벽에 일
어나 콧등에 땀방울이 송골송골 맺히도록 분주하게 아
침상을 준비하던 날이 잊히지 않는다.

집안 기념일이며 이벤트를 준비하고 최근에 갔던 섬

여행 삽시도, 참 인상 깊게 남아 있다. 봄과 여름의 간이역이던 계절에 한적하고도 청정한 그 섬. 바람이 거칠어 낮게 포복한 채 꽃을 피우는 야생화의 강한 생명력에 눈길을 떼지 못하다가 한 뿌리 데려와 잘 크고 있다.

섬에서 땅을 기듯 자라던 꽃이 집에 와서는 위로 쭉쭉 뻗어 올라가 피고 지고 일 년 내내 꽃을 피우니 그때 기억이 새롭게 다가온다. 살면서 때론 조금씩 삐걱거려도 묵묵히 할 일 하는 네 모습을 보면 고맙기만 하다.

그 섬의 매력, 한곳에서 해가 뜨고 지는 그 광경을 못 본 아쉬움은 다음에 다시 기회를 만들어 보려 한다. 너희들과 함께라서 뜻깊고 의미 있는 여행이었다.

**초록별이 뜨던 날**

●

# 펀치볼의 하룻밤

아침 안개 드리운 강원도 양구의 펀치볼은 마치 바다 한가운데 떠 있는 섬 같다. 햇살이 비추자 서서히 깨어나는 마을, 아늑하고 평화롭다.

사촌 여동생은 도시에서 직장 생활을 하다 이곳으로 시집을 왔다. 언제든 놀러오라는 얘기를 자주 들으면서도 기회를 만들지 못했다. 동생은 남편과 마을 어귀까지 나와서 우리를 반겼다. 그동안의 긴 시간을 말해 주듯 많이 변해 있었다.

동생네와 우리 형제 모두 열두 명이 차를 타고 산쪽으

로 이동하며 이야기꽃을 피웠다. 경운기를 몰고 트럭을
운전하며 완연한 농부로 여자인 것을 망각한 채 살아간
다고. 복잡한 도시가 싫어서 선택한 삶이기에 이곳이 좋
다고 한다. 제법 여유롭고 후덕한 전형적인 농촌 아낙의
모습이었다.

마을을 벗어나 이십여 분쯤 갔을까. 휴전선이 가까운
비무장 지대다. 6·25전쟁 때 가장 치열하게 총알이 빗발
쳤던 곳이라 한다. 양구가 한눈에 내려다보이고 한여름의
하늘이 가을 하늘같이 맑고 투명하다. 하얀 솜털구름이
두둥실 느리게 움직이며 정취를 더해 줬다.

화채 그릇처럼 마을 지형이 아늑해서 바람이 적고 태
풍이 없다는 곳, 팔월의 한낮 차에서 내려 쏟아지는 땡볕
을 머리에 이고 계곡에 도착했다. 물소리, 새소리, 풀벌레
소리, 이름 모를 야생화가 산들바람에 말을 걸어오듯 한
들거렸다. 계곡물에 잠겨 있는 막걸리병, 수박이 정겹게
일렁였다. 동생이 미리 준비해 놓은 듯하다.

발을 담갔다. 땀으로 느슨하던 세포들이 탄력을 받는

다. 온몸의 땀을 씻어 준다. 그렇게 우리는 대자연 속으로 빠져들었다.

조카들은 계곡 물가에서 분주했다. 긴 철사 끝에 미끼로 생고기를 매달아 계곡물에 담갔다. 그러자 얼마 안 되어 가재들이 슬금슬금 기어나왔다. 개구리나 메뚜기처럼 폴짝 뛰지 못하는 녀석들은 유유자적 태평스러웠다. 고기 냄새에 철없이 길 나선 녀석들, 갓 태어난 듯 손가락한 마디만 한 것부터 제법 큰 녀석이 가족을 데리고 나온 듯 귀엽기까지 했다.

어느새 도롱뇽까지 등장이다. 포로가 되어서인지 낮게 포복을 하고 발가락 하나 움직이지 않는다. 놀라서 도망갈 엄두조차 못 내는 것이거나 아니면 배짱이 좋은 놈인가 보다. 아니, 그게 아니다. 한적하고 평화롭던 이 계곡의 불청객은 우리다. 이 미물들의 생명을 위협하고 있잖은가. 살아 있는 생명들을 방해하지 말자고 조카들에게 이른다.

숯불을 피워 삼겹살을 굽고 옥수수도 삶고, 흐르는 물

위에 키를 맞춰 큰 돌 네 개를 놓아 그 위에 널빤지를 올려놓으니 평상으로 제격이다. 감자를 갈아서 부친 감자전, 입안에 전해지는 따끈한 온기가 발끝의 찬 기운을 잊게 했다.

작렬하던 태양도 이울어 긴 산그림자가 마을로 내려갔다. 산새들의 지저귐도 멈추었다. 한낮의 풀벌레 소리와 낮과 밤 경계의 시간 또 다른 하모니, 곱게 그대로 담아 가고 싶다.

이젠 더 어둠이 내려앉기 전에 텐트 가까이 자리를 옮겨야 했다. 작은 불빛 하나 없는 곳, 오직 우리 일행뿐이었다. 램프를 켰다. 모닥불을 피우고 밤은 밤대로 아무 방해도 받지 않는 자유로움 속에 마냥 웃고 떠들고 그렇게 밤은 깊어 갔다.

모닥불의 불씨도 서서히 사그라졌다. 칠흑 같은 어둠을 밝혀 주던 램프도 껐다. 별들이 금방이라도 쏟아질 듯 더 초롱초롱했다. 어둠 속에서 더 빛나는 별들, 그 별들이 허공을 날았다. 작은 불꽃의 부드러운 곡선, 피아노의 선율을 타듯 넘실대는 몸짓, 반딧불이였다.

얼마만인가, 어릴 적 풀숲에서 반짝이던 그 불꽃! 작은 생명은 짝을 찾기 위해 한 시간여 동안 운무를 펼친다. 짝을 만나면 풀숲으로 내려앉는 걸까. 보름 동안 살다가는 생의 마지막 사랑의 세레나데! 알을 낳고 나면 반딧불이는 쭉정이가 되어 계곡물 위를 둥둥 떠내려간다. 마지막 화려한 사랑의 세레나데! 그래서 감히 평범한 냇가에 살지 않는지도 모를 일이다.

깊어 가는 밤, 바닥에 비닐을 깔고 그 위에 다시 솜이불을 깔고 덮고. 여전히 한기는 추운 겨울 온기 없는 방안 같았다. 올여름 가장 더웠다는 날 그렇게 한밤을 보냈다.

모처럼 형제간의 돈독한 시간이었다. 치열했던 옛 역사의 현장에서, 마지막 많은 병사들이 숨겨 간 숭고한 영이 깃든 위령탑 앞에서 잠시나마 마음을 가다듬고 다시 생활 터전으로 돌아가는 시간을 향하고 있었다.

# 한 마리 새처럼

새벽 운동을 하던 실내체육관에 새 한 마리가 날아들었다. 비둘기만 한 크기다. 천장으로 솟아올라 구석에서 부딪히고 다시 유리창에 온몸을 헐떡이며 출구를 찾는 듯했다. 순간 함께 운동하던 친구 생각이 났다.

몇 개월간 그녀는 소식이 없다. 언제나 밝고 쾌활하며 무엇이든 남보다 잘해야 직성이 풀리는 자존심 강한 성격이다. 성큼성큼 걷는 걸음걸이며 체격도 큰 편이라서 모자를 눌러쓰면 영락없이 남자로 보이기도 한다.

그녀와 산행을 했을 때다. 하산 길 한적한 길옆에 앉아 얘기를 나누다가 우린 그대로 껴안고 잠이 들었다. 지나던 사람들은 아무도 말을 걸어오지 않았다. 아마도 연인으로 알았을 것 같다.

그러나 밖에서 본 모습과 달리 그녀는 맏며느리 역할을 똑부러지게 잘 해내고 있다. 전혀 예상 밖이었다.

어느 날 그녀가 집으로 친구 몇을 초대했다. 집안 제사였다면서 음식을 내놓았다. 정갈하고 깔끔한 다과상에 우리는 입을 다물지 못했다. 그뿐만 아니라 베란다 한쪽에는 붉은 고추를 길게 반으로 잘라 말리고 있었다. 그런데다가 남편이 퇴근하면 잠들 때까지 안마를 해 주며 쉬게 한단다. 그녀도 직장을 다니면서 말이다.

이렇게 잉꼬처럼 살던 그들에게 위기가 닥치고 말았다. 남편의 사업 실패로 빚더미에 올라앉게 된 것이다. 집 안에는 여기저기 압류 딱지가 붙고, 신발을 신은 채 들이닥친 채권자들의 횡포는 그녀가 감당하기에 벅찬 날들이었다.

눈덩이처럼 불어나는 빚더미 앞에 급기야 부부는 서류

상 이혼을 하고 말았다. 남편은 숨어서 생활해야 했고, 그녀는 그 빚까지 떠안아야 했다. 몇 차례 이사를 하고 자신이 아끼던 옷이며 소중한 것들을 처분해야 했다. 그런 자신의 모습을 보이기 싫어 알고 지내던 사람들과도 연락을 끊어 버렸다.

홀로 잠 못 드는 밤, 그녀는 칠흑 같은 어둠 속에 무작정 산길을 올랐다. 거대한 장벽이 가로놓인 암울한 현실 앞에서 포효하듯 울분을 쏟아냈다. 무아지경에 얼마를 방황했던가!

날이 밝아 정신이 들었을 땐 집 앞 골목 어귀에 신발도 신지 않은 피투성이 맨발로 서 있었다. 이젠 삶을 포기할 수밖에 없다는 생각으로 자식들 몰래 유서 한 장 남겨놓고 길을 나섰다.

아무도 모르는 곳, 낯선 절을 찾아가는 길이었다. 때는 초여름, 길옆 풀숲에서 이상한 것을 보았다. 두꺼비가 제 몸의 두 배나 되는 다른 두꺼비를 등에 업고 있었다. 왠지 그 모습을 보는 순간 뇌리에 각인되어 떠나질 않더라고.

한 마리 새처럼

한 번도 와 보지 않은 절이지만 스님에게 두꺼비 얘기를 했단다. 그러자 바라보기만 하던 스님은 "이곳에 온 까닭이 무엇이오?" 하고 물었다.

고개를 떨군 채 울먹이기만 하다 한참 후에야 모든 얘기를 쏟아냈다. 아들딸을 팽개치고 길을 나선 여인. 비에 젖고, 폭풍에 흔들리고, 절망의 늪에 서서 그 무엇을 잡을 수 있었으랴!

그녀의 얘기를 다 들은 스님은 천천히 말을 꺼냈다. 그 형상은 앞으로 그녀가 살아갈 행로를 두꺼비를 통해 보여 준 것이라고 했다. 이제는 자식들이 엄마를 보호하고 남편의 몫까지 다할 것이라는 스님의 말에 오열하고 말았다. 장대비처럼 쏟아지는 뜨거운 감정들을 오래도록 흘려 버렸다.

몇 년을 다니던 절도 외면하고 그곳으로 발길이 끌렸던 것은 무엇 때문일까? 스님의 얘기가 사실이든 아니든 그녀는 그날 이후 한겨울 어름장 밑을 흐르는 청량한 물소리처럼 새 기운으로 돌아왔다.

세 번째 스무 살

●

194

한 해 마무리 십이월이다. 그녀가 그립다. 여러 번 전화를 했지만 허사였다. 또다시 벨이 울리기를 몇 차례, 그녀의 목소리가 들렸다.

"응 그래, 꼭 연락할 줄 알았어."

이미 그 목소리는 촉촉하게 이슬을 머금고 있었다.

"건강하니?"

짤막한 이 한마디는 그동안의 많은 얘기를 묻고 있었다. 이제 거의 다 정리되어 간다고, 침묵이 흘렀다. 사금파리로 생채기를 낸 듯 가슴이 아렸다. 또 연락하자는 말, 그뿐이었다.

이른 아침 체육관에 길을 잘못 든 새는 실내 전등을 끄자 밝은 곳을 찾아 유유히 사라져 갔다.

연인 같았던 친구, 함께할 그날이 언제일까. 그녀가 그립다.

# 평행선

사람은 언어로써 생각을 말하고 말로써 인생이 전혀 다르게 탈바꿈하기도 한다. 이 얼마나 아이러니한 일인가.

주변으로부터 많은 찬사를 받는 사람이라면 분명한 이유가 있을 것이고, 그의 내면에는 남이 갖지 않은 능력과 덕망을 배제할 수 없으리라.

그러나 아무리 많은 것을 지니고 있을지라도 정도를 벗어나면 모든 것을 상실해 버릴 수도 있다.

사람은 지혜와 사고를 지니고 살아간다. 정도, 일정한 거리, 평행선, 기차의 레일을 보라! 철길을 따라가노라면 언제나 똑같은 거리로 두 선이 이어져 있다. 그러나 그 자리에서 멈춰 멀리 지평선 철길 끝을 보면 두 선은 하나로 맞닿아 있다. 다시 그 끝을 가 보면 역시 평행선이다.

사람과 사람은 언어로 마음과 마음을 이어 주고 정을 나누며 그것을 바탕으로 모든 것에 근원이 될 수 있음을 부정하지 않으리라.

가끔 정도를 벗어난 사람들의 추돌사고를 목격한다. 어쩌면 이기심에서 비롯된 욕심 때문이 아닐까. 좀 더 가지려고, 더 가까이 가려고 불만을 토로하고, 그래서 불협화음이 되어 후유증을 남긴다.

멀리서 보는 단풍은 아름답다. 대자연이 주는 신비로움에 사람들은 환호하며 그런 곳을 찾아 즐기기도 한다. 그러나 가까이 가면 멀리서는 보이지 않던 뜻밖의 것들이 널려 있음을 알 수 있다. 물론 멀리서 느끼지 못한 향내도 있고 또 다른 올망졸망한 생명체들이 있기도 하다. 하지만 멀리서 본 자연의 아름다움과 비교가 될까?

평행선

가까이 가지 않았다면 그저 좀 거리를 둔 곳에서 본 아름다운 기억이 남았을 것이다. 어떤 것이든 정도를 벗어난 이후의 결과는 부정적으로 나타나기 일쑤다.

사람들의 관계에서도 정도가 있고 일정한 평행선이 유지된다면 이 사회는 좀 더 평화롭고 더 살기 좋은 환경이 되지 않을까 생각해 본다.

# 1504호가 준 인연

딸아이한테서 전화가 왔다. 택배를 보냈는데 받았느냐고 묻는다. 아무것도 받은 게 없는데 분명 보냈다고 한다.

딸네 가족은 여수로 여행을 갔다가 그곳에 맛난 음식이 있어 사서 보낸 거라고 한다. 며칠 후 가족 모임 때 쓰겠다는 의도였다.

딸아이가 택배기사 핸드폰 번호를 알려 주었다. 연락하니 기사는 배달 완료했다는 답이다. 오늘 그 동네 음식 종류 택배가 세 군데 있었다며 직접 확인해 보라고 한다.

어처구니가 없다. 이렇게 행방불명된 물건은 누구의

책임인가? 어디다 문을 두드려야 할까 난감했다. 포기할까 생각하니 의구심이 커져 갔다.

아니, 잘못 간 남의 물건이란 걸 알았다면 경비실이든 어디든 내다 놔야 하는 게 상식 아닐까. 그게 아니라면 자기네 물건으로 알고? 어찌 된 일인지 궁금증이 가시질 않았다. 우선 택배기사가 말한 그 세 군데를 찾아보기로 했다.

이곳에서 살아온 지는 오래되었지만 좀 떨어진 곳에 어울리는 지인들은 있어도 아파트에는 서로 왕래할 만큼 가까운 이웃은 없다. 그저 몇몇 안면 있는 분들과 인사만 주고받을 뿐이다.

그런데 유일하게 내게 관심을 보이던 한 여인이 있다. 뜨개질한 모자며 수를 놓은 옷을 보면 무척 궁금해했다. 하지만 그녀가 몇 층 몇 호인지는 알지 못한다.

도대체 어떻게 뭐가 잘못된 걸까? 우선 옆 동과 개인 집은 다음에 가기로 하고 가까운 우리 집 라인부터 찾아보기로 했다. 택배기사가 말한 그 집 초인종을 눌렀다.

세 번째 스무 살
●

1504호, 우리 집 3층과 15층 사이다. 상대가 어떤 사람인지, 어떻게 나올지 알 수 없는 상황이다. 무슨 말부터 해야 할까? 혹 전혀 물건을 받은 적 없다고 한다면 오히려 실례가 아닐까?

"누구세요?"

"3층에서 왔어요!"

문이 열리기까지 알 수 없는 냉한 기운이 흘렀다. 논쟁 같은 건 하고 싶지 않다.

찰칵, 문이 열렸다. 두 사람은 무표정한 얼굴로 마주했다. 그런데 두 얼굴은 동시에 웃음이 빵~ 터지고 말았다.

바로 유일하게 대화가 오갔던 여인이었다. 남의 음식을 주인 몰래 먹다가 들킨 자의 웃음소리치고는 아주 호탕했다. 왜냐고 따지려 했던 나 역시 물건을 찾았으려니 하는 안도의 웃음이었고, 상대가 그래도 아는 사람이니 다행이라는 웃음일 게다. 자칫 싸움으로 번질 수 있었던 상황은 그렇게 웃음으로 일단락되었다.

난데없는 죄인이 되어 밤새 맘 졸이며 밤잠을 설쳤다는

그녀는 도저히 미안해서 안 된다고 다시 그 물건을 주문하겠다고 했다.

묘하게도 그녀 나름대로 그럴 만한 이유가 있었다. 물건이 오기 전날 지방에 사는 인척이 같은 물건을 보내준다고 해서 보내지 말라고 했다는 것이다. 그런데 다음날 택배가 도착했으니 당연히 자기네 것인 줄 알고 뜯었다고 한다. 그 후 고맙다는 인사를 하려고 연락했다가 보내지 않았다는 말에 꼼짝없이 절도범이 된 격이니 어떤 말로도 변명의 여지가 없다며 머리를 조아렸다. 같은 물건을 주문해 주겠다는 말에 잠시 망설였지만 그냥 맛난 거 나눠 먹었다고 생각하자며 웃고 돌아왔다.

그 일이 일어난 사연은 딸아이가 엄마 집 주소에다 제 집 아파트 호수를 잘못 적어서 생긴 것이었다. 그 아이로 인해 일어난 해프닝이지만 고마운 일이 되었다.

그 후 우리는 한 아파트 라인에서 널브러진 모양새로 아래위를 오가며 차를 마시고, 봄이면 산으로 들로 쑥도 뜯으며 함께했다. 숲해설가이니 식물들 얘기, 곤충들의 생활, 내가 모르는 이야기들을 접할 수 있어 좋았다. 늘 새로운 것을 추구하는 호기심과 비슷한 정서가 우리 둘의 공감 지수를 높여 준다. 그리고 성실히 앞을 향해 나가는 그 모습이 참 곱다.

가끔 메시지가 뜬다. "짐 내려가요!" 농산물 보따리 혼자 계단을 타고 내려와 방긋 웃고 있다, 어서 데려가라는 듯.

우리 동네 독서왕, 숲해설가인 그녀는 오늘도 길을 나선다. 숲을 향해서.

1504호가 준 인연

# 옷 만들기

옷을 만들려고 동대문시장에서 옷감을 떠 왔다. 매장에 가서 사면 그만이지만 키가 작은 나는 맘에 드는 옷, 아니 그건 고사하고 몸에 맞는 옷 만나기가 쉽지 않다. 그런데다 요즈음은 프리사이즈 한 가지로 나오는 것도 많다. 키 작은 사람은 어쩌란 말인지, 무언의 투정일 뿐 어쩌지 못한다. 그러다 보니 옷 사 입기가 녹록지 않다.

원단을 넓은 탁자 위에 펼쳐 놓는다. 줄자, 대자, 재단 가위, 자고 등을 놓고 반을 접은 원단의 중심을 표시한다. 옷을 만드는 무슨 기술이 있는 건 아니다. 그저 눈여

겨보고 해 보는 거다. 그러니 원단 선택도 바느질하기 쉬운 것으로 고른다.

가위를 대기 전에 다시 한 번 만들려는 옷 모양을 그려 본다. 가로로 자르느냐, 세로로 자르느냐, 옷감 결에 따라 옷 모양새가 좌우되니 신중해야 한다.

시장이나 백화점을 지날 때 봐 둔 디자인을 떠올린다. 그렇게 시장이나 백화점에 걸린 옷은 맘대로 보고 바느질도 살피고 사진도 찍어 자세히 들여다볼 수 있지만, 거리에서 누가 입은 옷이 맘에 들면 몰래 뒤따라가서 슬금슬금 살피고 눈에 익힌다. 그리고 간단한 그림을 그려 남긴다. 그렇게 봐 둔 것과 표현하고 싶은 것을 나름대로 버무려서 응용한다.

가위를 들고 자르기 시작한다. 표시한 중심 부분에 머리가 들어갈 수 있도록 바느질할 시접의 여유를 두고 반달 모양으로 자른다. 어깨는 사선으로, 겨드랑이는 둥근 ㄴ자 모양으로, 팔은 U자를 엎어 놓은 모양으로 가위질한다. 허리는 주름을 넣어 원피스를 만들 생각이다.

옷 만들기
●

　다음엔 주머니를 자르고, 목 라인 효과를 내기 위해 레이스를 준비한다. 레이스는 같은 원단을 사선으로 잘라 한 면은 말아박기를 하고 반대 면은 잔주름을 넣어 꼬불꼬불 효과를 낸다.

　이번에는 좀 번거로운 단계다. 바느질을 하기 전 옷감 가장자리가 풀리지 않도록 오버로크를 친다. 전문 옷 만드는 집이 아닌 다음에야 그 기계까지 있을 수는 없다. 그래서 수선집이나 세탁소에서 해 와야 한다. 바느질 전에 해야 할 것과 마무리 단계에 할 것, 일의 순서를 염두에 두고 잘 생각해서 해 와야 한다.

일단 오버로크를 해 오면 엉성하게 시침을 해서 가봉을 한다. 맞춤옷을 할 때 미리 입어 보는 것처럼. 이때 어디를 수정하고 어디를 보완해야 할지 입던 옷을 꺼내 비교해 본다. 미싱하기에 들어가면 일단 고치기가 어렵다. 바느질한 것을 뜯으면 옷감에 상처가 나기 쉬우니 말이다.

원하던 모양새로 가고 있는지, 이쪽저쪽 넓이는 같은지 점검 단계다. 사실 주먹구구식으로 만드는 옷이라 열두 번도 더 입고 벗고를 거듭하며 옷을 완성해 나간다.

여러 번 거울 앞에서 옷을 입고 앞을 보고 뒤를 보고 팔도 올려보고 기장은 어느 정도인가 결정하면 다림질에 이른다. 그러면 완성이다.

그런데 욕심을 하나 더 부린다. 여러 가지 색실 중 삼원색만 사용해 옷에다 수를 놓는다. 등 중앙에는 작은 꽃밭을, 치마 앞자락에 크고 작은 꽃을 수놓는다. 녹색 이파리며 나뭇가지까지. 그렇게 수를 놓으니 더 확실한 나만의 옷이 된다.

**옷 만들기**

●

이제 거리로 나선다. 사뿐사뿐 면이라 땀 흡수도 잘 되고 가벼워 편하다. 몸에 딱 맞는 옷, 옷이 날개를 달았다. 마음이 두리둥실 구름을 탄다. 시선을 끈다. 보기 흉해서 보는 건 아니겠지? 그래도 좋다! 내가 편하고 좋으면 그것만으로도 족하다. 창작의 자유를 맘껏 누려 본다. 옷 하나를 만들어 냈다는 성취감 또한 큰 기쁨이다.

# 쉼표 같은 날

아침 체육관에서 운동을 끝내고 비누 향이 채 가시지 않은 세 여인은 청명한 하늘빛에 눈길이 머문다.

"날씨 참 좋다, 우리 가자!"

내가 말하자 마음이 동요된 여인들은 승용차에 몸을 싣는다. 평일이라 한적한 도로, 망우리를 지나 양평 쪽으로 차는 줄달음친다. 길가에 늘어선 야생화들, 지나는 차에 여린 가지들이 손짓을 한다.

목적지도 없이 닿는 대로 가는 길. 한강을 끼고 팔당을 지나 한 시간쯤 왔다. 주변은 초가을빛이다. 깊게 숨을 마시고 내뿜는다. 마음도 가벼이 길옆 비탈진 곳으로 오른다.

밤나무 밑이다. 올려다보니 갈색 밤송이가 입을 열고 있다. 살짝 흔들어도 떨어질 듯하지만 가지를 흔들기에는 너무 높다. 한 여인이 밤송이를 향해 돌을 던진다. 던지고 또 던진다. 녹록지 않다. 밤은 비아냥거리듯 햇빛에 더 반짝거린다. 어쩌다 알밤이 하나 곤두박질치면 환호하며 숲을 더듬는다.

얼마를 던졌을까. 주변에 던질 만한 건 다 날렸다. 이번이 정말 마지막이라며 옷소매를 걷는다. 신고 있던 운동화를 벗는다. 있는 힘껏 던진 한 짝, 그 한 짝은 내려오지 않는다. 던질 때 의기양양하던 표정은 사라지고 운동화는 나뭇가지에서 주인을 비웃듯 일렁인다. 가지에 걸터앉아 한가로이 춤을 춘다. 자유로운 춤사위, 몸의 무게를 지탱하며 땅바닥만이 전부였던 운동화가 신세계를 만난 듯하다.

긴 막대기를 가져온다. 갈고리 식으로 걸어서 잡아당길

계산이다. 팔을 길게 뻗어 밤나무 가지에 갈고리를 걸치고 두 사람이 잡아당겼다. 가지가 낮아지자 운동화가 걸린 가지를 잡고 흔든다. 갈고리와 맞닿은 가지가 미끄러지면서 힘있게 잡아당긴 만큼 두 사람은 풀숲으로 나뒹굴고 말았다. 뒤엉킨 두 사람, 밑에 깔린 여인은 엉덩이에 밤송이가 깔렸다고 아우성친다. 울지도 웃지도 못하는 표정! 괴이한 표정에 웃음 만발이다. 아프기도 하고 밤 가시는 어찌할꼬! 난감하기 짝이 없다. 혼자 하는 수밖에. 그 와중에도 한 컷 사진에 담는다.

차를 몰고 가던 남자가 우리 쪽을 힐끔거리며 느리게 지나간다. 이 상황을 알 리 없는데 왜 웃을까?

갈고리가 미끄러지면서 가지가 흔들려 운동화는 풀숲에 내려앉았다.

밤나무를 뒤로하고 마을 들머리에 이른다. 들깨밭의 향긋한 내음이 코끝을 자극한다. 밭두렁에 달래가 지천이다. 봄 아닌 가을인데 말이다. 애잔하게 흔들리는 달래를 한 움큼 캤다. 지나가던 동네 할아버지가 외치셨다.

**쉼표 같은 날**

"어이, 그거 내 거야!"

인심 후한 할아버지의 미소 속에 이곳 긴 세월의 흔적이 여울져 흐른다.

꾸벅 인사하니 뒤돌아보며 손 흔드는 정겨움이 따뜻한 온기로 전해졌다. 세 여인도 마주 보고 웃었다. 티 없이 웃고 즐기며 내일을 위해 살아갈 쉼표 같은 날이었다.

어디에도 머물지 않는 정신세계로, 빈 마음으로 무엇이든 담을 수 있는 품 넓은 가슴으로 내일을 맞으리라.

세 번째 스무 살
●

# 엄마의 용기 있는 발걸음에
# 박수를 보내며

20여 년 전 어느 날 엄마의 습작노트를 보게 되었습니다. 따뜻한 햇살 아래에서 뭔가를 열심히 쓰다가 잘 안 된다며 잠시 일어나시는 엄마 뒷모습을 보며 읽은 엄마의 글은 귀엽고 풋풋했습니다.

글을 써 보고 싶다며 문화센터를 다니실 때, 맞춤법도 고쳐 주고 어쭙잖은 조언을 하기도 하며 엄마 글 쓰는 모습을 지켜보았습니다. 선생님께 칭찬을 받았다며, 옆자리 친구에게 이런 이야기를 들었다며, 누구는 이런 글을 썼는데 너무 좋더라 하며 즐거워하시던 엄마 모습은 마치 유치원에 처음 간 꼬맹이처럼 신나 보였습니다.

결혼 후 미국으로 떠나오기 전, 엄마와 함께 외출했다 돌아오는 길에 엄마 마음속에 꽁꽁 숨겨 두었던 꿈 이야기를 슬며시 꺼내 보았습니다. 마음을 들킨 듯 놀라시는 엄마에게 "늦었다 생각할 때가 제일 빠른 거라잖아요. 엄마 하고 싶은 일 하세요. 나는 언제나 엄마를 응원해요" 하고 진심을 담아 말씀드렸습니다. 엄마는 "그럴까…" 하고 가만히 창밖을 바라보셨습니다.

엄마는 지금까지 참 바쁘게 살아오셨습니다. 우리 삼남매는 다 자라 각자 가정을 꾸리고도 여전히 엄마 손길을 필요로 했고, 말수가 적은 아빠에게도 한결같은 우리 엄마. 엄마는 '저게 될까…' 싶었던 그런 수많은 시간들을 묵묵히 버텨 내며 오기도 부리고, 이제는 눈이 침침해 안경을 쓴다며 한숨을 내쉬면서도 참아 내더니 마침내

세 번째 스무 살
●

책을 내신답니다.

　엄마의 글에는 외할아버지 외할머니가 계시고, 외삼촌들이, 아빠가, 우리 삼 남매가, 엄마의 손주들이, 엄마의 친구들이 그리고 엄마의 시선이 머무는 곳이 담겨 있습니다. 엄마의 글은 담백하고 담담합니다. 넘치지도 않고 부족하지도 않으며, 때론 먹먹해지고 때론 웃음을 짓게 합니다. 엄마가 그려 내는 감정과 생각이 고스란히 느껴집니다.

　엄마의 글이 우리 모두에게 쉼이 되어 주기를 바라며, 엄마의 오랜 꿈을 실현해 나가는 과정에 멀리서나마 함께하게 되어 기쁩니다. 엄마가 우리 엄마여서 정말 좋습니다. 사랑합니다.

미국에서 큰딸 양유정

엄마의 용기 있는 발걸음에 박수를 보내며

한영옥 수필집
세 번째 스무 살